세상에서 가장 고마운 존재인

_____ 님께 선물합니다.

나에게 고맙다

나에게
고맙다

세상에서 가장 소중한 나에게 건네는 인사

전승환 에세이

북로망스

차 례

1

나를 잃지 않기를

2

그것만으로도 충분한 날들

4

나에게 고맙다

독자들의 말

나를 응원하는 책, 나를 사랑하는 책이라 읽을수록 나에게 고마워진다. 나를 응원해주는 작가님의 마음이 예쁘다. (kw**님)

나에게 잔잔한 위로를 선사하고, 배움이 아닌 힐링을 알게 해준 책. 머릿속이 복잡한 나에게 쉼이 되어준 삶의 토닥임. (um**님)

가끔 다른 사람보다 나 자신을 다독여주고 싶을 때, 그럴 때 읽으면 괜찮은 책. (pe**님)

누군가에게 쉽게 건넸던 따뜻한 위로와 한마디를 오늘은 나에게 건네 보게 만드는 책. (lu**님)

살아오면서 나에게 항상 질타만 했는데, 책을 통해서 열심히 살아줘서 고맙다고 했어요. 덩달아 기분도 좋아지는 책입니다. (ki**님)

항상 남만 챙기다가 정작 나를 챙기지 못했네요. 나에 대해 다시금 생각하게 만들어준 책이에요. (si**님)

내 마음을 전부 알고 있다는 듯이 용기와 희망을 주는 책. (sa**님)

스스로의 인생을 위해서 그렇게 노력해주어서 나에게 고맙다. 나를 위로해줄 가장 중요한 사람은 바로 나 자신이었다. (ch**님)

힘들고 우울할 때 이 책을 읽으면 눈물 납니다. 서럽게 한껏 울게 만드는, 나를 감싸 안아주는 그런 따뜻한 책입니다. (se**님)

커피 한잔 사서 들고 나올 때도 고맙다고 이야기를 하는데, 지친 나 스스로에게 고맙다, 수고했다는 말을 해본 적이 없는 것 같아요. 책 읽다 말고 한참을 펑펑 울었네요. 지친 마음을 다독여주는 그런 글들이 많았어요. (in**님)

내가 나를 먼저 아껴주었더라면. 위로와 걱정의 방향이 나를 향해 있었더라면. 그러면 나는 좀 더 행복해질 수 있었을까. 의미 있는 삶을 살아야만 잘 사는 삶인 줄 알았다. 그런데 이제는 보통의 하루를 열심히 살아온 나에게 말하고 싶다. 고생했다고, 나에게 고맙다고. (na**님)

옛 추억이 방울방울. 단숨에 읽었네요. 어린 시절 좋아했던 이가 생각났어요. 책을 읽으면서 행복했어요. (ka**님)

지나고 나면 아무것도 아닌 일들에 너무 집착하진 않았는지, 고난 속에서도 우뚝 설 수 있도록 힘을 주는 책입니다. (jl**님)

정말 나에게 고맙다. 매일매일 나에게 고마워해야지 하면서 정작 나는 다른 사람들에게 더 고맙다는 말을 자주하고 있었다. 이 책을 읽고 조금 더 나를 사랑하는 사람으로 다시 삶을 살아보고 싶어졌다. (sa**님)

좋은 사람이 되기 위해 노력하면 좋은 사람이 온다.

당신이 나에게 좋은 사람으로 다가오길 빈다.

나는 당신에게 좋은 사람이 되겠다.

제1장
나를
잃지 않기를

오 늘 의 나 는 ──

충분히 행복할 수 있음을 기억합니다

오늘을
잃지 말기를

요즘 들어 어지럽고 부산한 세상에서 책 한 권 읽을 시간이 있다는 것에 감사합니다. 세상 살기가 팍팍하고 건조한 와중에도 자리에 앉아 따뜻한 밥 한 끼 먹을 수 있다는 것에 고맙습니다.

하루의 고마움을 느끼는 것이 사치스러운 일도 아닌데 참 많은 시간들을 그저 흘려보냈더군요. 사람마다의 인생은 각자 생각하기 나름인데 그동안 감사함을 잊고 지냈습니다.

어두운 면만 바라보다 아름다운 세상을 놓쳤고

불편한 소음에 집중하다 평온한 음악을 잃었습니다.

거추장스러운 물욕에 사로잡혀 가족의 온기를 느끼지 못했고
잠깐의 즐거움을 좇다
나를 바라봐주는 소중한 이에게 다가갈 수 없었습니다.

나의 두 눈, 두 귀, 두 손과 두 발
이 모든 것들은 예쁘고 좋은 것들로 향했어야 했는데
좋지 않은 것들로 향하고 있었더군요.

사랑하는 사람의 두 눈을 자주 바라봐주어야 했고
날 필요로 하는 친구의 이야기에 귀 기울어주어야 했으며
어릴 적 항상 잡던 부모님의 손은 내가 더 잡았어야 했고
그들과 함께 새로운 경험을 하기 위해
용기 있는 발걸음을 떼어야 했던 겁니다.

다시 한번 주위를 둘러보아야 합니다.
내가 누리는 것들이

어떻게 생각하느냐에 따라

어둠이 빛으로 바뀌고

슬픔이 환희로 변하며

고독이 행복으로 뒤집히는 경험을 하게 될 테니까요.

세상은 아름답습니다.

다만, 우리는 그것을 쉽게 놓치고 살 뿐이죠.

오늘의 나는

충분히 행복할 수 있음을 기억합니다.

나에게
좋은 사람

나이가 들어갈수록 만나는 사람마다 "착하게 살아야 한다"는 이야기를 종종 입에 올린다. 이 말은 누군가와 한번 관계를 맺고 나면 언제 어디서 어떻게 만나게 될지 모르는 상황을 자주 접했기 때문일 것이다. 다시 안 볼 것처럼 행동했던 사람도 어떤 기회로 다시 만나 서로의 도움을 필요로 하는 상황이 오고, 듣지 못할 거라 생각하고 내뱉었던 험담도 결국 상대의 귀에 들어가게 됨을 알았으니까.

내 삶의 경험으로 배운 것은, 좋은 마음을 가지고 어떤 상황에도 긍정을 잃지 않은 사람이 행복하다는 사실이었다. 성공을 위해 치열하게 노력하고 부자가 되기 위해 많은 것을 뒤로할지라도 좋은 사람임을 포기하면 성공도 돈도 한순간에 잃어버리는 것을 보았기 때문이다. 선량한 마음을 가진 사람은 행복하다.

대부분의 사람은 돈이 행복을 가져다주지 않지만 돈이 없으면 행복할 기회가 적다고 말한다. 물론 틀린 말은 아니지만 돈을 생각하기에 앞서 내가 돈을 벌기 위해 좋은 사람이 되었는지, 선한 영향력을 끼칠 수 있는 사람인지를 돌아봐야 한다. 마음을 가다듬지 않고 인성을 갈고닦지 않으면 돈과 명예를 얻는다 한들 불행해질 상황을 훨씬 많이 만들게 될 것이기 때문이다.

사회적으로 성공을 거뒀다 하더라도 혼자만의 이기심 때문에 불행한 사람이 있다. 먹고사는 일이 고달프다 하더라도 함께 행복한 삶을 살기 위해 끊임없이 선한 노력을 하는 사람도 있다. 누가 더 잘 사는 삶인지 판단할 수는 없겠지만 누가 좋은 사람인지는 알 수 있지 않을까.

따뜻한 인성을 지닌 사람이 좋다.

자신이 어떤 사회적 위치에 있든 겸손한 사람이 좋다.

상냥한 마음으로 정직하려 애쓰는 사람이 좋다.

성실하고 근면하며 신용을 지키는 사람이 좋다.

나에게 좋은 사람은 선한 사람이었고, 따뜻한 사람이었다.

그리고 내가 그런 사람이 되기 위해 노력할 때

행복이 늘 나를 따랐다.

좋은 사람이 되기 위해 노력하면 좋은 사람이 온다.

당신이 나에게 좋은 사람으로 다가오길 빈다.

나는 당신에게 좋은 사람이 되겠다.

당신이 나에게

좋은 사람으로 다가오길 빈다.

나는 당신에게 ____

좋은 사람이 되겠다

세상의
모든 기준

포기한단 말을 어렵지 않게 내뱉는 세상이다.

사람들은 쉽게 좋은 사람이기를 포기하고, 애쓰기를 포기하고, 원치 않는 관계를 포기한다.

가끔은 무언가를 포기하는 사람에게 가서 먼저 손을 내밀며 말하고 싶다. 당신의 마음을 공감하지만, 결코 잊지 않기를 바란다고. 좋은 사람이기를 포기하다 내가 좋은 사람이란 것을 잊어버릴 수 있다는 것을. 애쓰기를 포기하다 그간의 노력들이 무색해질 수 있다는 것을. 원치 않는 관계를 포기하다 진정한 관계를 놓쳐버릴 수 있다는 것을.

물론 '포기'에도 저마다 기준을 가지고 있다는 걸 안다. 하지만 그 기준이 상대여서는 안 된다. 내가 되어야 한다.

타인에게 좋은 사람이 되기를 포기하는 것이 아니라, 나에게 먼저 좋은 사람이 되는 것. 애쓰기를 포기하는 것이 아니라 나를 위해 애쓰는 것. 원치 않는 관계를 끊기보다는 나에게 편안함과 따뜻함을 주는 사람을 먼저 생각해야 한다. 그리고 모든 포기 속에서도 단 하나 포기해서는 안 될 것이 있다. 세상의 모든 기준이 되어야 할, 나 자신이다.

다른 모든 이가 당신을 포기한다 하더라도 나 스스로를 포기하지 않는 것은 우리가 마지막까지 지켜야 할 일이다.

세상의 모든 기준은
나로 시작함을 잊지 말았으면 좋겠다.

내가 없으면 관계도 없고
내가 없으면 세상도 없다.
내가 나를 소중히 대하지 않는다면

그 누구도 나를 소중하게 여기지 못한다.

스스로를 깎아내리는 데 익숙해지면 안 된다.

겸손이 과해져 나를 낮춰서도 안 될 일이다.

나의 가치는 나만이 정할 수 있음을 기억하기를.

나를 마지막까지 지켜주는 것도

결국 나일 수밖에 없음을 믿어주기를.

내가 나를 소중히 대하지 않는다면

그 누구도 나를 소중하게 여기지 못한다

스스로를 깎아내리는 데 익숙해지면 안 된다

겸손이 과해져 _____

나를 낮춰서도 안 될 일이다

나만을 위한
마음

나만을 위한 취미가 있나요?

나에게 꼭 맞는 친구가 있나요?

나만의 교양을 쌓고 있나요?

나의 건강을 챙기고 있나요?

내 삶을 무의미하지 않게 만드는,

나의 하루를 외롭지 않게 만드는,

같은 것을 봐도 좀 더 깊이 느낄 수 있게 만드는,

하고 싶은 것을 시도할 수 있는,

나를 위한 일들을
너무 놓치고 살고 있지는 않나요.

나를 위해
하루의 시작은 웃음으로

관계 속에 온화한 배려를
가족과 함께하는 시간을
세상을 아름답게 보는 시선을

다시 일어설 수 있는 용기를
너그럽고 넉넉한 마음을
슬픔을 표현할 수 있는 눈물을
마음 편안하게 해줄 수 있는 여유로움을
가져보는 건 어떨까요.

내 마음 다치지 않게

내 마음 아프지 않게

오직 나를 위한 것들이 필요합니다.

오직 나만을 위한 마음이 절실합니다.

차고 넘치게
행복해도 괜찮아

돌아보니

어떤 날은 행복함에도

그 행복이 달아날까 무서운 적이 있어요.

어떤 날은 괜찮음에도

정말 나에게 꼭 맞는 행복이 올까 걱정한 적도 있죠.

행복이 이미 내 곁에 있는 줄 모르고

나에게 있는 줄도 모르고 말이죠.

타인에게서 나를 찾았고
타인에게서 인정받으려 했으며
타인에게서 신뢰를 쌓으려 했죠.

사랑받으려 애썼고
타인의 최대치에 나를 비교했으며
누군가의 삶을 갈망했죠.

그러다
삶은 누군가가 아닌
나의 손에 달려 있음을 알았고
스스로를 인정해야 했으며
나를 신뢰해야 함을 알았죠.

나 자신을 사랑하는 게 가장 중요했고
나 자신의 최대치를 기준으로 정해야 했으며

스스로의 삶에 자신을 가져야 함을 알았죠.

이미 난 충분히 매력 있고 아름다운 사람이었는데
스스로를 낮추고 깎아내리고 폄하하는 중인 걸 몰랐던 거죠.
지금의 나를 사랑해도
차고 넘칠 만큼 충분하다는 것.

지금 이대로
차고 넘치게 행복해도 괜찮다는 것.

나를 사랑해야
내가 행복하다는 것.

의심하지 마세요.
우리 삶엔 끝없는 행복만이 존재할 테니.
우린 모두 행복할 자격이 있어요.

의심하지 마세요

우리 삶엔 끝없는 행복만이 존재할 테니

우린 모두 _____

행복할 자격이 있어요

오늘을
선물하다

왠지 그런 날 있잖아요.

술 한잔 하고 싶은 날.

내 맘속 모든 걸 털어놓고
'나 이런 사람이었어'
'나 이런 날이었어'
하소연 하고 싶은 날이요.

사랑하는 사람이

오늘 어땠냐며

힘들었을 거라며

넓은 어깨를 빌려주는 그런 날이요.

삶의 무게가 느껴지는 하루의 끝에서

'그 피로 우리가 풀어줄게' 하며

친구들이 기어코 불러내는 날이요.

왠지 모르게 기대되고

재미난 일이 일어날 것만 같은

그런 날이요.

있잖아요.

전 그런 날이 늘 오늘이었으면 해요.

당신도 즐겁고 나도 즐거운

웃음이 가득한 그런 날,

왠지 그런 날 있잖아요.

오늘이 그런 날이에요.

사소함의
가치

사소한 것의 소중함을 알아야 해.

우리 삶은 사소한 것들이 모여

인생이라는 그림을 완성하거든.

누군가는 나무보다

큰 숲을 보라 하지.

나무 밑의 풀은

보지 못한 채 말이야.

사소한 것을 소중하게 여기지 않는다면
결국 큰 숲도 이루지 못하는 거야.

많은 사람들은 '큰 숲'이 되려 하지만
누군가는 숲을 이루는 작디작은 '풀'이 되어야 해.
결국 숲은 사소한 것들이 모여 이루어지는 거니까.

모두에게 사랑받는 화려한 주인공이 아니라
초라한 조연 같아도 슬퍼할 필요 없어.
조연 없는 주인공은 쓸쓸할 뿐이야.

나 혼자는 사소한 사람일지 몰라도,
그 사소함의 소중함을 누군가는 알아주고 있다는 사실을
잊지 마.

어떤 이는 큰 숲이 되고 나서,
그 숲을 이뤄준 작은 존재들을 잊은 채 살아가.
모든 것은 사소함에서 시작되는데 말이야.

우리는 사소한 것들의 위대함을
알아야 해.

낭만 하나
발견하기

어느 순간 계절의 변화에 둔감해졌다. 그만큼 주위를 돌아볼 여유가 없다는 증거이기도 하다.

예전에는 그랬다. 봄이 오면 새싹이 돋아나길 기다렸고, 여름이 오면 시원한 계곡을 떠올렸으며, 가을이 되면 알록달록한 설악산에 가고 싶었고, 겨울이 되면 새하얀 눈이 언제 내릴까 설레어 했다.

나이가 들면서 이런 생각들이 자연스레 사라진 건지 팍팍한 세상살이에 젖어 계절의 낭만을 느끼지 못하게 된 건지는 알 수

없지만, 아마도 내 모든 것을 살짝 내려놓고 주위를 돌아볼 여유
를 갖지 못했기 때문일 것이다.

삶을 풍요롭게 해주던 우리의 감성들은
다 어디로 간 걸까.

일상의 소소함에 웃고 떠들던
천진난만함은 어디로 숨은 걸까.
너무 거창한 것만을 이루려고 노력한 것은 아닐까.

지나가는 아이들의 웃음 속에서도 행복을 찾을 수 있고
길을 걷다 우연히 들려온 음악에서
마음을 다 주어도 아깝지 않던 사람을 떠올릴 수도 있고
텔레비전 속 어느 장면을 보며
좋았던 옛 추억을 기억해낼 수도 있다.

조금만 주위를 둘러보면
우리의 감성을 깨우는 수많은 것들이 존재한다.

앞만 보며 걸었던 날들 속에서
쉽게 지나친 우리의 낭만을 꺼내보자.

이미 지나쳐 온 과거에서 낭만을 찾기보다
사소한 일상에서 낭만을 발견하는 연습을 하자.
계절 변화에 둔감해진 우리의 감성을 일깨우자.

분홍빛으로 짙게 핀 봄의 진달래를 보고
철썩철썩 살아 있는 여름의 파도 소리를 듣고
새빨갛게 물든 단풍잎을 책갈피에 끼워두고
온 세상을 하얗게 감싼 겨울의 풍경을 그리며
지인에게 또 다른 계절이 왔다는 소식을 먼저 전하는
낭만 가득한 하루를 보내자.

빗방울이 떨어지는 날이면 누군가를 그리워하고
바람이 불면 공허한 마음을 바람에 실어 보내고
햇빛이 내리쬐는 날이면 햇살의 온기를 가득 느껴보고
적막한 새벽이면 깊은 사색에 빠져도 보는

작은 감성 가득한 하루를 보내자.

그러다 보면,

하루의 매 순간이 특별해질 테고,

소소한 일에도 행복의 의미를 발견할 수 있으며,

계산하지 않고 웃을 수 있는 어린아이처럼

일상의 낭만을 은은하게 즐기는

뜻깊은 하루를 보낼 수 있지 않을까.

잡히지 않는 것과
변하지 않는 것

내 손에 잡히지 않는 것들을 붙잡으려
노력해본 적이 있습니다.

어떤 상황에서도 결과는 같을 터였는데 왜 그렇게 집착했는
지 이제와 후회를 하지요. 붙잡히지 않은 것들로 내 안에 붙잡아
야 하는 것들을 놓쳐본 사람들은 알겠죠.

그저 흘러가게 두는 것이 하나의 방법이 될 수도 있다는 것
을요.

변하지 않는 것들을 변하게 만들려
애써본 적이 있습니다.

어쩌면 우리를 힘들게 하는 것은 이해하지 못함으로 인해 벌어지는 문제일 텐데 있는 그대로를 인정하지 못해 힘들어지게 되는 순간을 경험하게 되죠.

존재의 가치를 아는 사람은 알겠죠.

변함없는 것 또한 그 존재만으로 힘이 된다는 것을요.

그저 흘러가게 두는 것이 _____

하나의 방법이 될 수도 있다는 것을요

어쩌면
배부른 이야기

이상하지요.

사람들은 늘 바쁘다는 말과 한몸인 것 같아요.

바빠서 힘들다고, 쉴 수 있는 하루가 너무나 간절하다고 해요.

또 어떤 사람들은, 하루하루가 너무 권태로워서 삶이 헛헛하다고 해요.

무언가를 하고 싶다고, 살아 있음을 느끼고 싶다고, 정신없이 몰두할 수 있는 무언가가 너무나 간절하다고 해요.

그런데 말이에요, 우리의 이런 모습이

다른 누군가에게 어떤 의미로 다가갈지 한 번쯤 생각해본 적

이 있나요?

힘들다 불평하는 우리의 삶이 누군가에게는 간절히 원하던

삶일지도 몰라요.

지금 당신이 서 있는 그곳이

어떤 이의 희망이거나 닿을 수 없는 간절한 꿈일지 몰라요.

머무르고 싶은 아늑한 곳일지 몰라요.

그러니 우리 이곳에서

바쁘면 바쁜 대로,

무언가를 하고 싶다는 열정으로 하루를 살도록 애써봐요.

그렇게 살아가요.

게으름이
좋다

할 일 없이 빈둥대기만 하다가 '난 왜 이렇게 게으를까?' 하며 자괴감에 빠질 때가 종종 있다. 부지런하게 사는 사람들을 보며 '나도 저렇게 살아야 하는데'라는 생각이 들다가도, 이내 '그래. 이렇게 사는 사람도 있어야지' 하며 마음을 고쳐먹는다. 오랜 세월은 아니지만 이 싸움에서 이기고 지기를 반복하기만도 수천 번. 아마 이 싸움은 평생 지속되지 않을까.

어떻게 살아야 하는지를 말하고 싶은 게 아니다. 어떻게 살든 각자 나름대로의 생활양식과 가치관이 있을 테니 그 상황에 맞게 살면 된다.

아침형 인간이 있으면 올빼미형 인간이 있을 것이고, 죽었다 깨어나도 집에서는 공부가 손에 안 잡히는 사람이 있는 반면, 집에서도 공부가 잘되는 사람도 있을 것이다. 이렇듯 눈만 멀뚱멀뚱 뜬 채 침대에 누워 있는 일이 나의 원기를 충전하는 시간일 수도 있으니 스스로를 아무것도 못하는 쓸모없는 사람처럼 내몰지는 말자.

나는 다양한 곳을 여행하면서 게으름이 때로는 삶을 윤기 있게 해준다는 것을 몸소 깨달았다. 부지런히 이곳저곳을 다니며 많은 것을 직접 보고 경험하는 것도 좋지만, 때로는 한곳에서 유유자적 게으르게 다녀보는 것도 좋다.

하나라도 더 눈에 담는다고 무엇 하나 제대로 담을 새도 없이 바쁘게 돌아다니는 여행보다 조금은 게으른 여행을 권하고 싶다. 한 나라를 관광하는 여행보다 그 나라에 온전히 속해 생활하는 여행자가 되어보는 것도 좋다.

게으름이라는 건 그 기준을 어디에 두느냐에 따라 좋아 보일 수도, 나빠 보일 수도 있다. 그러니 긍정적인 마음가짐으로 바라본다면 게으르게 다니면서 벌어지는 일들이 신선한 재미로 다가오거나 새로운 통찰을 얻을 수 있는 기회로 작용하기도 할 것이다.

이 모든 것을 경험하려면 가끔은 게을러지는 것도 좋다.

마음을
담아요

사람을 만날수록 '마음을 담지 않으면 진심이 전달되지 않는다는 것'을 느낍니다. 진심이 아니면 많은 것들이 달리 보인다는 것을요. 보지 않았음에도 본 것처럼 말하고 듣지 않았음에도 들었다 말하는 것들이 우리의 마음을 어지럽힌다는 것을요.

있는 그대로 보는 것이 중요합니다.

잘못된 선입견은 오해를 불러일으키기 마련이니까요.

우리는 상대를 잘 알지 못합니다.

나를 완벽히 알 수 없듯이 상대 또한 나에게 모든 것을 보여줄 수 없죠. 타인의 삶이 완벽해 보이더라도 내면 깊숙한 곳에는 결핍이 있을 수 있고, 부족해 보이더라도 마음은 풍요로울 수 있습니다. 어떤 누구도 상대의 행복을 판단할 수 없고 불행의 정도를 가늠할 수 없음을 알아야 합니다.

내가 뱉은 말들은 나를 비추는 거울입니다. 마음을 담지 않는 말들은 그대로 돌아오는 거죠. 많은 사람들이 말 때문에 좌절하고 무너지는 것을 볼 수 있으니까요. 타인을 알지 못한 채 추측하고 말을 만들어 내며 전하는 것은, 결국 나를 낮추는 것입니다. 나의 말이 나를 표현하는 수단이고 그것이 곧 나의 인격일 수밖에 없으니까요.

진실로 마음을 건네면 진심은 통하기 마련입니다.
따뜻한 마음을 담은 말은 상대의 가슴에 남을 수밖에 없습니다.
말은 우리의 마음을 담지만
떠난 말은 타인의 마음을 담습니다.
따뜻하고 행복한 말을 담아 보내면

반갑고 기쁜 마음이 담겨 나에게 돌아오지만

차갑고 불행한 말을 담아 보내면

어둡고 슬픈 마음이 나에게 돌아옵니다.

나의 마음을 다스리고 성숙하게 만드는 것은

결국 내가 뱉은 말이니

좋은 마음을 담아야 합니다.

따뜻한 말들을 담아야 합니다.

진실로 마음을 건네면 진심은 통하기 마련입니다

따뜻한 마음을 담은 말은

상대의 가슴에 남을 수 밖에 없습니다

따뜻한 _____

말들을 담아야 합니다

너의 길을
가도 돼

나의 길을 가는 일이

나를 잃지 않는 방법이란 걸 모른 채.

다른 길을 살펴보고

다른 누군가를 갈망하고

다른 인생을 살지 못함에

무너지고 넘어졌다.

누군가의 길을 따라가는 일이
나를 잃는 행동이란 걸 모른 채.

수없이 마음이 부서졌고
숱하게 가슴이 조각났다.

나는 너의 길이 옳음을 염원한다.
나는 너의 선택이 최선임을 바란다.

너는 너의 길을 계속해서 걸어갈 것이고
너는 너의 길을 꿋꿋이 만들어 갈 것이기에
그 길은 결국 너만의 길이 되리라 믿는다.

마침내 너만의 길로 만들고 말 거라는 사실을
의심하지 않는다.

마침내 너만의 길로

만들고 말 거라는 사실을

의심하지 않는다 ——

오늘도 완벽하려고
애쓰는 당신에게

무엇을 해도 허점투성이인 날이 있다.

그런 날들이 모여

구멍이 듬성듬성 나 있는

허술한 인생을 살고 있는 것처럼 느껴질 때가 있다.

나는 가끔 일부러

빈틈 많은 인생을 살고자 한다.

치열하게, 악착같이, 열심히, 최선을 다해 살아야 한다지만

그게 꼭 정답이 아니라는 걸 알고 있으니까.

누구에게나 허술한 부분은 분명 존재한다.

그 허술한 부분에서

운 좋게 인생의 금광을 발견하기도 한다.

번뜩이는 아이디어가 샘솟기도 하고,

명곡이나 명작이 탄생하기도 한다.

그러니 누군가 허술한 채 지내더라도

손가락질하거나 우습게 보지 말자.

이 글을 읽고 있는 당신도

어딘가 하나쯤 빈틈이 있을 것이다.

안경이 반쯤 흘러내린 채 글을 읽고 있거나,

약속 시간을 잊은 채 집에서 나른하게 쉬고 있거나,

해야 할 일을 미루고 있을 수도 있다.

모두 완벽한 인생을 꿈꾸기에 바쁘게 움직이지만,

허술한 인생만이 가진 재미가 있다.

다 갖춰지지 않아도, 완벽하지 않아도,

그 빈틈에서 얻을 수 있는 것들이 많다.

아무 계획 없이 떠난 여행에서 우연히 만난 사람과 진한 우정을 맺거나 애써 찾아간 맛집이 문을 닫아 울며 겨자 먹기로 들어간 옆집 식당에서 의외로 멋진 식사를 하는 것처럼.

그러니 거기,
오늘도 완벽하려고 애쓰는 당신에게 전한다.

하지 않아도 될 일들에 치여 지쳐 있다면,
이제는 그 꼼꼼함을 잠깐 내려놓고
허술함이 선물하는 행운을 맛보는 건 어떨까.

빈틈이 많다고 해서 인생이 허술한 모양으로 흐르는 건 아니기에, 때로는 작은 빈틈 안에서 사막의 오아시스를 발견할 수 있기에, 그런 인생이 나쁘다고 단정 지을 수 없기에.

오늘도 나는 허술해도 괜찮은 당신을 응원한다.

오늘도 나는
허술해도 괜찮은

당신을 응원한다 ——

마음속
우편함

세상 모든 사람들은 각자의 마음속에 우편함을 하나씩 두고 있다. 그 안에는 저마다의 이야기가 들어 있다. 누군가는 우편함 속 이야기를 전부 꺼내 보여주기도 하고, 누군가는 우편함 밖으로 아무것도 새어나오지 못하게 꾹 닫아놓는다.

우편함을 열어 보여줄지 말지는 주인 마음인데, 우리는 왜 그토록 그 안에 무엇이 담겨 있는지 궁금해할까. 지나친 관심은 오히려 독이 되어 상대방의 우편함이 영영 안 열릴지도 모르는데.

그래서 우리에겐 시간이 필요하다. 우편함이 열릴 수 있도록 기다려주는 시간이. 마음속 우편함 속에 이야기들이 차곡차곡 쌓일 때마다 묵혀 왔던 이야기들도 하나씩 풀어 내야 우편함 속 어딘가에 '공감'이라는 공간이 생길 테니까.

그래서 나는 오늘도
꽁꽁 묶어 넣어두었던 당신의 이야기를 기다린다.

언젠가 눈물로 번져 알아보기 힘든 슬픈 기억을 넣어놨다고 해도 괜찮다. 상처로 찢겨 꺼내볼 엄두도 못 냈던 아픈 기억도 괜찮다.

그저 당신과 내가 가득찬 우편함을 열어 쌓인 이야기들을 조금씩 흘려보낼 수 있게, 그렇게 비워진 자리에 행복한 기억들을 채울 수 있게 언젠가 나에게 우편함을 열어주기만을 바란다.
또 다른 나쁜 기억이 숨어 들어가지 않도록, 내가 그 자리를 공감으로 채울 테니.

나는 오늘도

꽁꽁 묶어두었던

　마음속 우편함

당신의 이야기를 기다린다

아름답지만
위태로운

나뭇가지에 매달린 흰 눈꽃들은

아름답지만 위태롭다.

시린 겨울이 오면

서로 떨어지지 않으려

꼭 붙어 있는 모습이 우리 눈에는 그저 아름답게 비친다.

그러나 그들이 서로 헤어지면

나뭇가지는 다시 앙상한 모습으로,
흰 눈은 투명한 눈물로 사라져버리니
한몸처럼 있기를 바랄 수밖에.

사람들의 관심을 받기 위해
사랑을 받기 위해
겨울을 기다리는 그들을 보면

서늘한 추위가
따스한 온기로 다가온다.

그러나 그들이 서로 헤어지면
나뭇가지는 다시 앙상한 모습으로.
흰 눈은 투명한 눈물로 사라져버리니

한 몸처럼 있기를
바랄 수밖에 ____

어느 날 문득
나는

어느 날 문득 나는

깨달았다

부산하게 살았지만

목적도 없이 달려왔고

세상에는 관대했으나

나에게는 치졸했으며

타인에게 으스대곤 했으나

이뤄낸 것 하나 없었다

어느 날 문득 나는

나를 그리워하는 사람들에게

저만치 멀어져버렸고

나를 사랑하는 사람들에게

야속한 사람이 되었으며

나를 아끼는 사람들에게는

차가운 사람으로

변해버렸다

숨 가쁘게 달려왔으나

저 멀리 서 있는 나의 사람들

훗날, 그때를 말하기 전에

여기, 지금을 챙기기로 하자

바로, 이 순간에 최선을 다하기로 하자

어느 날 문득 나는

훗날, 그때를 말하기 전에

여기, 지금을 챙기기로 하자

바로, 이 순간에 ____

최선을 다하기로 하자

존재의
부재

모든 것을 뒤로하고

존재의 부재가 필요해요.

한 달, 아니 며칠이라도 좋으니

아무도 모르게 이곳에서 벗어나 있을게요.

괜찮을 거라 믿어요.

누군가는 나의 부재를 알아차리고

한동안 찾겠지만

시간이 지나면 관심은 사라질 거예요.

누군가는 관심만을 가질 것이고

누군가는 짐작조차 못하겠죠.

사는 것이 아니라 살아 내야 하는 답답함에

다를 것 없이 되풀이 되는 삶의 지겨움에

빠르게 흘러가는 세상에 나만 멈춰선 것 같은 두려움에

무서워요.

내가 어디로 가고 있는지

내가 무엇을 하고 있는지

알 수가 없으니까요.

아무렇지 않은 듯

괜찮은 듯

씩씩한 듯

살아갈 자신이 없으니까요.

아무도 모르게 이곳에서 벗어나 있을게요.

잠시 날 위한 시간이 필요해요.

아, 돌아오지 못할지도 몰라요.

기다리지는 마세요.

때가 되면 나타날게요.

나에게
하지 못한 말

괜찮아?

네 잘못이 아니야.

조금 늦어도 괜찮아.

수고했어, 오늘도.

이미 넌 충분해.

이 모든 말들은 나에게 먼저 해주었어야 했다.

나는 마음속에 담아둔 내 이야기를 하지 못하고
남을 위해서만 이야기했다.
남들의 눈으로 나를 바라보지 않고,
스스로에게 이야기할 수 있는 용기를 가져야 했다.
나 스스로를 비추고 내면을 봐야 했다.

남들의 사랑을 받기 위해
세상이 원하는 사람이 되려고 했던 날들.

그렇게 나 스스로를 보지 못하는데
남들에게 하는 위로에 진솔함이 얼마나 담겨 있었을까.
오히려 가면 속에 가려진 모습으로
평생 살아가야 할지도 모른다.

남을 위해 했던 말들이
정작 나에게 필요한 말들이 아니었을까?

괜찮아?

네 잘못이 아니야.

조금 늦어도 괜찮아.

수고했어, 오늘도.

이미 넌 충분해.

그 모든 말들은

나에게 먼저 해주었어야 했다.

오늘의 나를
위한 시작

오늘을 그저 흘러가게 두지 말아요.

하루를 대충 지나가게 살지 말아요.

어떤 날은 실수도 하고

어떤 날은 상처도 받으며

속절없이 무너지는 하루를 맞이할 때도 있겠지만

모든 시간에는 어떤 이유가 있는 법이에요.

다만

오늘이 내일을 위한 준비는 아니었으면 해요.

오늘은 오늘의 나를 위한 시작이었으면 해요.

그 어떤 것이든

나를 위한 의미를 두어

지금 나는 특별하다고,

지금 나는 특별한 시간을 보낼 거라고 생각해요.

따뜻하게 보내요.

의미 있게 보내요.

오늘의 나를 위해.

나에게 미안하지 않게.
나에게 고마울 수 있게.

제2장

그것만으로도
충분한 날들

괜찮니,

아프지,

힘들지 않니

곤 괜찮아질 거야, 좋아질 거야…

외로운가요,
그대

우리는 모두 외로운 사람이 아닐까. 많은 사람들 속에서 기쁘고 유쾌한 시간을 보낸다한들 결국 돌아올 때는 혼자가 아닌가. 그 외로움은 누구나 겪는 감정이기에, 자기 자신을 안타깝게 생각하지 않았으면 한다.

수없이 지나쳐가는 인파 속에서도 우리는 외로울 수밖에 없다. 수많은 사람들이 각자의 외로움을 채우기 위해 누군가를 만나는 것이리라. 하지만 그들도 곧 알게 된다. 잠깐의 외출을 통해 잊었던 외로움은 다시 제자리로 돌아오게 마련이라는 것을.

또다시 외로워하며 전화번호 목록을 뒤적거릴지도 모른다. 하지만 결국 그 외로움을 제대로 알아줄 사람은 이 세상에 없다는 걸 깨닫는다.

친구가 많고 적음에 따라 외로움을 느끼는 정도가 다를까? 지난날 한 친구와의 대화가 생각난다.

"넌 사람을 넓고 얕게 사귀는 것 같아. 나는 사람을 좁고 깊게 사귀어야 한다고 생각해."

"그럼 난 사람을 넓고 깊게 사귀는 연습을 할게. 그럼 되는 거 아니야?"

친구는 내 말을 듣고 피식 웃고 말았다. 분명히 어려운 일이라 생각했을 것이다. 그건 나도 마찬가지였다. 시간이 많이 흐른 뒤, 다시 그 친구와 그때의 대화를 나누었다.

"기억해? 우리 어릴 때, 네가 했던 말, 사람은 좁고 깊게 사귀어야 한다는."

"응, 기억하지. 그런데 그 말, 실언이었던 것 같다."

"그때 나는 그게 옳은 말이라 생각했는데, 지금의 나는 꼭 그때 너의 모습을 좇고 있는 것 같거든. 많은 사람들을 알고 있었더라면 조금이나마 더 도움을 받지 않았을까? 인생의 지름길이 생기지는 않았을까? 그런 후회도 들고. 뭐, 어쨌든 인간관계에 정답은 없겠지만 넓게 사귀든 좁게 사귀든 중요한 건 그런 게 아니라 사람들을 대하는 태도 같아."

그 말에 나도 수긍했지만, 세상살이의 팍팍함에 안타까운 마음이 드는 건 어쩔 수 없는 노릇이었다.

"나는 그때 너의 이야기 덕분에 사람들을 대할 때 참 많은 게 바뀌었는데……. 정답은 없지만, 하나는 확실히 알게 된 것 같아."

"어떤 거?"

"진심."

"진심?"

"그래, 진심. 사람을 대할 때 내가 진심으로 대했는지, 아닌지의 차이가 엄청나다는 걸 배웠어."

그랬다. 공적이든 사적이든, 유쾌한 자리든 진지한 자리든, 상대를 대하는 태도가 가장 중요하다는 걸 알게 되었다. 만나는 그 사람에게 집중하고 진심으로 대하는 나의 모습 말이다.

어쩌면 우리는 오랫동안 바라왔는지도 모른다.
누군가로부터 진심이 담긴 인사 한번을 건네받기를.

괜찮니, 아프지, 힘들지 않니,
곧 괜찮아질 거야, 좋아질 거야…….
이런 인사들도 진심이 담기지 않으면
큰 상처로 되돌아올 수 있다.

근사한 위로일 필요는 없다.
진심 어린 한마디면 충분하다.
너의 마음이, 정말로 괜찮냐고 걱정하는 그 마음이.
그런데 우리는 상대방을 진심으로 대하고 있는지는 늘 고민하면서도 정작 내 자신을 진심으로 대하는지는 생각하지 않는다. 나의 외로움과 슬픔이 무엇 때문에 생겼는지, 왜 아직 그 감정이 그대로인지, 왜 그것을 들여다볼 여유가 없었는지 혼자서 찬찬히 생각해봤어야 하는데 말이다.

그래서 나는 당신이 혼자만의 시간을 즐길 수 있는 여유로움을 갖기를 바란다. 꼭 무언가를 하지 않더라도, 그저 가만히 있는 것만으로도 큰 에너지가 채워진다는 사실을 알았으면 좋겠다. 외롭고 슬픈 감정에서 벗어나려고 사람들과의 만남만 늘릴수록, 나만 알고 있는 진짜 내 모습에 더 서글퍼질 뿐이다.

그보다 자신의 마음을 들여다보며 스스로에게 진심 어린 위로를 건네보는 건 어떨까. 나의 마음은 십년지기 친구보다 내가 더 잘 알고 있을 테니까.

우리는 우리에게
진심으로 위로를 건네야 한다.

나에게 고맙다

마음을
다하는 사람

마음을 다하는 사람이 되자

인연은 언제고 시작되고
언제고 떠난다

어떤 이는 내 마음을 할퀴고 지나가고
어떤 이는 아무 의미도 없이 사라진다

난 그저 제자리에 있을 뿐인데

사람들은 무수히 나를 스쳐 지나가고

차마 셀 수 없이 많은 일이 나를 둘러싸고 생겨난다

이제는 관계에 관해

조금은 무덤덤해졌고

조금은 무신경해졌다

새로운 누군가가 나를 찾아온다고 해도

기대하지 않게 되었고

애써 인연을 만들고 싶은 생각도 없다

돌아보면

늘 내 곁에 있어 나를 돌보아주고

그저 묵묵히 있어준 이들이 있었다

이제 그들의 이야기를 들어주고

내 마음을 보이는 일이 필요하다

떠나지 않고

따뜻한 시선을 나에게 비춰준 이들을 위해

신의를 지키는 사람이 되어야 한다

함께할 수 있음에 감사하고

안부를 물을 수 있음에 행복해하며

서로의 마음이 따뜻해지도록

마음을 다하는 사람이 되어야 한다.

돌아보면

늘 내 곁에 있어 나를 돌보아주고

그저 묵묵히 있어준 이들이 있었다

까만 밤

어릴 적 나는 밤이 오는 게 싫었다.

친구들과 뛰어놀지 못하는 것도, 눈앞에 펼쳐진 풍경들이 어둠에 싸여 사라지는 것도 아쉬웠다. 나이가 들면서 차츰 낮과 밤의 경계가 사라졌고, 밤은 내게 그저 하루의 시작과 끝으로 다가왔다.

기술이 발전하면서 누구에게든 연락하기 쉬워졌고, 그래서

인지 낮에는 나만의 시간을 온전히 쓸 수 없었다. 쉴 틈 없이 해야 할 일들을 처리하며 바쁘게 움직일 따름이었다.

많은 경험들이 쌓여 가고 상처들도 많아질 때쯤, 조용하고 적막한 밤이 좋아지기 시작했다.

나를 위한 시간, 누구도 방해하지 않는 깊은 밤이 오기만을 기다렸다. 언제부터인가 나는 그 밤을 즐기고 있었고 치열한 현실의 피난처인 그 짧은 시간을 소중하게 여기고 있었다.

매일 주어지는 밤을 소중히 대한다면, 그 깜깜한 시간이 우리에게 인사를 건넬 것이다.

내가 하루의 아픔을 까맣게 덮어줄 테니,
너만의 색으로 그림을 그려보라고.
그 시간 속에서 작은 안식을 내어줄 테니
온전히 너만의 까만 밤을 만끽하라고.

이 밤은 너를 위한 거라고……

그것만으로
충분해

겨울 하늘처럼 척박한 당신이지만

흰 눈처럼 나를 봐준다면

흩어져 녹아 없어진다 해도

잠깐이나마 아름답게 당신에게 내렸기에

그것만으로 충분하지 않겠습니까.

겨울 바다처럼 차가운 당신이지만

바다에 내리쬐는 햇살처럼 나를 봐준다면

파도처럼 부수어져 사라진다 해도

잠깐이나마 찬란하게 당신에게 일렁였기에

그것만으로 충분하지 않겠습니까.

관계의
면역

이제는 모든 사람에게 사랑받을 수 없다는 걸 안다.

어딘가에는 분명 나를 싫어하는 사람이 있을 수밖에 없다는 것도 안다.

사람과의 관계에서 배운 일종의 면역이다.

다른 사람을 챙기려다 나를 잃어버리기 십상이기 때문이다.

대개 사람들과의 관계에서의 불협화음은 너무 사랑하려 다 가가거나 가까이 지내려 노력할 때 생겼다. 나의 기대가 커질수록 그만큼 실망 또한 커졌다.

내가 당신을 좋아하고 사랑해주면 나를 좋아하고 사랑해주겠지 하는 오만에 가득 차 있었던 것이다. 사랑에 빠져 상대를 생각하지 않고 나만의 감정만을 중요시 한다면 상대를 괴롭게만 할 뿐이다. 나무가 어느 정도의 거리를 두고 커 나가는 것도 스스로를 사랑할 시간과 마음을 다 잡을 수 있게 생각할 시간을 주는 것과 같을 것이다.

그리고 이 모든 관계의 불행은 짐작에서 나온다.
내가 다가가면 상대도 좋아해주겠지 하는 짐작.
내가 마음을 표현하고 배려하면
모든 사람들이 나를 좋아해주겠지 하는 짐작.
나라는 사람이 상대에게 괜찮은 사람으로
비춰질 거라는 짐작.

그 반대의 경우도 마찬가지다.
상대의 말이 나를 싫어해서 하는 말일 거라는 짐작.
상대의 눈빛이 나를 의심하고 있을 것 같다는 짐작.
짐작이야말로 편협한 생각이자, 오해의 소지를 만들 가장 큰

위험요소다.

짐작하지 말고 있는 그대로 받아들이는 것.

짐작하지 말고 조건 없이 내어주는 것.

짐작하지 말고 사실만을 바라보는 것.

그렇게 괜한 짐작들로 넘겨짚지만 않아도,

우리의 관계는 더 이상 면역이 필요한 사이가 아니라

나를 잃어버리지 않으면서도 상대를 받아들일 수 있는 방법
을 배우는 관계가 될 수 있다.

짐작하지 말고 있는 그대로 받아들이는 것

짐작하지 말고 조건 없이 내어주는 것

짐작하지 말고 사실만을 바라보는 것

울고 싶은
날

울고 싶었다.

세상의 모든 아픔을 내가 가진 듯

그렇게 울고 싶었다.

오랫동안 녹지 않는 만년설처럼

나의 아픔이 녹지 않은 채

마음속 깊은 곳에 자리 잡고 있다 하더라도

그렇게 울고 나면 괜찮을 것이다.

어디에도 마음 놓고 울 곳이 없고
어디에도 깊은 말을 토해낼 사람이 없더라도
그렇게 울고 나면 괜찮을 것이다.

나의 눈물을 따뜻하게 바라봐줄 누군가가
나의 아픔을 너그럽게 위로해줄 누군가가
그렇게 울고 나면 나란히 옆에 있어줄 것이다.

나의 아픔이 눈물로 전부 녹아내리진 않겠지만
분명 누군가는 날 위로해줄 거라고 믿는다.

그 믿음이 나를 또 살게 하는 힘이 될 테니
나는 그렇게 울고,
그렇게 울고 싶었다.

친구에게

우리 오랜 친구로 남아 있자.

어떻게 변할지 모르는 인생

지금 앞서거니 뒤서거니 계산하지 않는,

그저 옆에 있어주는 것만으로도

위로가 되는 친구로 남아 있자.

도움이 되지는 못해도

누가 되지 않는,

가까이 살지는 못해도

일이 있을 때 한달음에 달려와주는,

허물없이 두 팔로 안을 수 있는 친구로 남아 있자.

우리가 함께한 추억이

세상 사는 기억으로 옅어질지라도

서로 만나면 밤늦도록 옛 추억거리로

진한 향기 풍기는 라일락 같은 친구로 남아 있자.

어찌 친구라고 해서

늘 한결같을 수 있으며

늘 곁에 있을 수가 있겠냐마는

서로를 옆에서 칭찬하며 성장할 수 있는

따뜻한 사랑과 너그러운 인품을 지닌

진실한 친구로 남아 있자.

우리,

어떤 모습이든 자랑스럽고 떳떳한 친구로

어떤 상황이든 듬직하고 격려할 수 있는 친구로

어떤 위치이든 동등하고 변치 않는 친구로

서로를 비춰주는 등불 같은 친구로 남아 있자.

혹여나

세월의 풍파 속에 연이 끊어져 볼 수 없더라도

아련히 떠올리며 미소 지을 수 있는 친구로 남아 있자.

가끔은

가끔

잘 살고 있다고

괜찮다고 느끼다가도

어느 순간 무너지고

내 주위에 아무도 없음을 깨닫는다

무너짐에 단서가 없고

슬퍼짐에 이유가 없다

나는 행복한 사람이라 생각했는데

어느새 불행해지고

어느새 괴로워진다

나를 사랑해주는 사람도

나를 사랑할 자신도 없다

연락할 이도

찾아줄 이도 없는 오늘

쓸어내리는 눈물

쓸어내리는 마음

결국 내 손에는

한 권의 책과

한 잔의 커피

인생이

이렇게 허무할 수 있구나

이렇게 외로울 수 있구나

가끔은

눈꽃

나의 눈꽃은

아름답게 내려

너에게 닿았으나

마음엔 닿지 못하고

속절없이 녹아

흙으로 사라졌으니

찰나의 순간이라도

너와 함께 있었기에

아름답다 말하겠네.

힘들어,
괜찮지 않아

우리는 살아가면서 여러 아픔을 마주한다.

그 아픔을 온몸으로 견디다 못해

지친 내 자신을 발견하게 되면,

문득 위로받고 싶은 갈증이 인다.

누군가의 위로를 자양분으로 삼고 싶을 때가 있다.

그렇지만 아픔의 크기는

여러 사람과 나눈다고 해서 작아지는 게 아니다.

아무리 친한 친구나 의지하던 가족도
아무런 힘이 되지 못할 때가 있다.

그럴 때면 아무도 찾을 수 없는 작은 존재가 되어
조용하고 아늑한 곳에서 스스로를 달래는
시간이 필요하다.

힘들다고,
괜찮지 않다고,
나 자신에게 솔직해지는 시간이 필요하다.

내가 나를 달랠 줄 아는
연습이 필요하다.

날씨의
색

구름이 자욱이 깔린 어느 날처럼, 내 마음도 그런 날이 있다. 마음속 설렘은 사라지고 시간이 흐르기만을 바라는 그런 날. 언젠가부터 햇살이 따사로운 날보다 흐린 날이 좋아지기 시작했다. 어쩌면 나 같은 사람이 많을지도 모르겠다. 흐리고 스산한 날에 겪었을 크고 작은 기억들이 누구에게나 하나쯤 있을 테니까.

흐린 날에는 그다지 좋은 기억이 떠오르지 않는다. 외로웠던 기억, 이별했던 기억, 고독의 잔상들이 내 머릿속을 부유한다.

그렇게 날씨의 색에 내 모든 신경이 물들어간다. 분명 먹구름을 파헤쳐보면 맑고 파란 하늘이 우리를 기다리고 있겠지만, 어떤 날은 회색빛 하늘이 난무하는 흐린 날이 더 깊이 마음속에 자리할 때가 있다.

사람들은 저마다 다양한 날씨의 색을 띠는 것 같다. 늘 화창한 색을 띤 사람을 만나면 유쾌하고 행복하지만, 흐린 날의 색을 띤 사람을 만나면 말하지 않아도 느껴지는 동질감이 있다. 그와 나는 술잔을 기울이기도 하고, 묵묵히 각자의 생각에 빠져 하염없이 침묵의 시간을 보내기도 한다.

지하철에 올라탄 수많은 사람들의 표정에도 다양한 날씨의 색깔이 숨어 있다. 그중 먹구름 속에 살아가고 있는 아이의 표정을 보았다. 무언가 단단히 기분이 나빴던 모양이다. 그래도 엄마 옆에서 울기보다는 조용히 자기의 감정을 온몸으로 표현하고 있는 아이가 신기했다. 그렇게 몇 정거장을 지나도록 아이를 물끄러미 바라봤다.

시간이 얼마나 흘렀을까.

아이는 엄마에게 대뜸 이렇게 말했다.

"엄마, 난 지금 무척 마음이 아파요."

"응? 그 장난감을 안 사준 게 아직도 마음에 걸려?"

"아니요. 장난감은 못 살 수 있는데, 내가 어떤 기분인지 알아줬으면 했어요."

"어떤 기분인데?"

"오늘 날씨 같은 기분이요."

아이의 어머니는 피식 웃으며 아이를 안아주었다. 오늘 날씨 같은 기분이라니, 어떤 상황인지는 잘 몰라도 흐린 날이었기에 공감할 수 있는 느낌이었다.

장마철 같은 우울한 날씨가 좋을 때도 있고, 화창한 날이 좋을 때도 있다. 우리의 마음은 날씨와 같아서 내 마음대로 정할 수도 없고 그때의 상황과 기분, 장소에 따라 수천가지 색을 띠기도 한다. 물론 매일같이 흐린 날이거나 감당할 수 없을 정도로 캄캄

한 날이 내 마음을 건드리면 힘들지도 모르지만, 가끔은 아무도 없는 조용한 곳에서 혼자만의 위안을 삼는 그런 날이 필요하다.

오늘 당신의 기분은 어떤 날씨인가.◑

오늘 당신의 기분은

어떤 ___

날씨인가

서로가
서로를

내가 힘들다고 말할 때,

누군가는 내 이야기를 듣지 못한다.

듣지 않으려는 게 아니라, 듣지 못하는 사람,

그 사람은 나보다 더 큰 아픔을 품고 있을지 모른다.

나의 아픔을 어루만지지 못한다고 해서

나를 위로하지 못하는 것이 아니다.

그도 나와 짐을 나누거나

나에게 위로받고 싶었는지도 모른다.

그러니 일방적으로

나의 힘듦을 들어달라는 태도는

누군가에게는 폭력이 될 수 있다.

우리는 모두 저마다의 세상과 싸우고 있고

관계 속에서 짐을 지고 살아가기에

서로에게 관심을 비춰야 한다.

혹시 너의 아픔이

나의 아픔으로 위로가 될지.

나의 상처가 너의 상처를 어루만질지.

나의 존재가 너의 존재에게 버팀목이 될지.

우리는 모두 아픔을 지닌 사람이기에

서로에게 고마운 존재가 될 수 있게

온 마음과 노력을 기울여야 한다.

힘들었을 거야,
내가 알아

힘들었을 거야, 내가 알아.

하지만 지금껏 네가 해왔던 노력은 헛되지 않았어.

그 노력은 절대 하찮지 않아.

너는 충분히 힘썼고, 최선을 다했잖아.

그럼 된 거야.

훗날 너의 그 절실함은

또 다른 어딘가에서 널 빛나게 해줄 거야.

꿈꿔왔던 일을 포기하지 마.

그 꿈이 좌절되었다면 다른 꿈을 꾸면 돼.

그렇게 계속 꿈을 꿔.

또 다른 꿈을 위해 노력하고,

최선을 다해봐.

힘들었던 일은 잊게 되고

즐거운 일들이 펼쳐질 거야.

스스로에게 위로의 말을 건네면서

우리 다시,

시작해보는 거야.

모든 것이
버거울 때

만만치 않은 삶,

작은 슬픔 하나를 감당하는 일이

앞으로 나아갈 발걸음 하나를 떼는 일이

너무나 버겁다.

누구나 가끔 슬픔과 우울에 깊게 빠져 무기력해질 때가 있
다. 하지만 이 글을 읽고 있는 당신은 그 슬픔과 우울을 충분히
잘 헤쳐 나갈 수 있다. 이 글 속에 녹아 있는 따뜻한 감정을 공감

할 수 있으니까.

　당신을 진심으로 걱정해주고, 당신이 힘들 때 기꺼이 공감하고 힘이 되기 위해 당신을 기다리고 있는 사람이 많다. 생각보다 당신을 아끼고 사랑하는 사람들이 훨씬 더 많다는 사실을 알아주기 바란다.

　이제 혼자 슬퍼하지 말고 손을 내밀자.

　나는 내가, 아니 우리가 충분히 행복해졌으면 좋겠다. 우리 모두가 비슷한 모양의 힘듦을 느끼며 살고 있기에…….

　행복하자.

　행복하자, 우리 모두.

　그리고 단 한 사람에게라도

　위안이 될 수 있는 사람이 되자.

투명하게
바라본다

겉으로는 별일 없어 보이는 사람들, 오늘도 괜찮은 하루를 보낸 나.

아무렇지 않은 것 같지만 보통의 우리는 각자의 문제를 가지고 산다. 평범해 보이더라도 마음속 깊은 곳에는 어두운 면이 존재하는 것이다. 겉으로 보이는 우리의 모습은 우리가 가지고 있는 아주 작은 파편에 불과하다. 세상이라는 틀 안에서 반듯하게 사는 듯해도 세상에 타협해 반듯하게 접혀 있는 것일 뿐 우리의 모습은 늘 더 크고 웅장하며 다양한 아픔들을 가지고 살아가는 것이다. 우리가 내뱉은 말과 보여주는 행동들로 인해 예의 바르다 느낄지 모르겠지만 분명 그 속에는 익살스러움과 천진난만함이 숨어 있다. 지금의 삶과 내면의 삶이 다르듯, 보이는 삶과 보여주고 싶은 삶이 다르듯 우리는 때로 맨얼굴로 스스로의 모든 것을 보여주고 싶은 때가 있는 것이다.

나의 온전한 삶을 적나라하게 보여줄 수 있는 누군가가 있다면 행복한 삶일 것이다. 수많은 타인에게 오해를 받으며 살아가더라도 나를 사랑하고 아끼는 누군가가 있다면 즐거운 삶일 것이다. 가끔 숨고 싶을 때 숨을 수 있는 품을 내어주는 누군가가 있다면 아늑한 삶일 것이다.

우리는 타인의 시선에서 자유로울 수 없다. 만약 자유롭다 하더라도 타인의 오해를 받지 않을 수는 없다. 그렇기 때문에 모든 이의 사랑을 받으려 노력하지 않길 바란다. 단 한 명이라도 나를 위하는 사람이 있으면 위안이 된다.

그럼에도 불구하고 타인의 사랑을 받지 못한다는 생각이 든다면 나 스스로가 타인이 되어 나를 따뜻하게 바라봐주면 된다.

나는 괜찮은 사람이라고, 나는 따뜻한 사람이라고.

나를 가장 잘 이해할 수 있는 사람은 나일 수밖에 없기 때문에 스스로를 속이지 말고 솔직하게 나의 감정을 나에게 이야기해주면 좋겠다.

불투명한 세상 속에
투명하게 나를 바라볼 수 있는
나라는 존재를 내가 믿어주면 된다.

불투명한 세상 속에

투명하게 나를 바라볼 수 있는

나는 존재를 내가 믿어주면 된다 ——

괜찮아지기 위해
쓰는 글

그래, 괜찮을 리가 없지.

행복해 보이려고 애써도

행복하다고 말해도

결국 외로움은 찾아오게 마련이니까.

그런 너를 위해 펜을 들었어.

우리는 다 괜찮지 않은 존재들이니까.

그래도 이 글을 통해

조금이나마 괜찮아지려고 글을 쓰는 거야.

조금이나마 행복해지고 싶은 나를 위해, 너를 위해.

우리를 위해.

괜찮아?

그래, 괜찮아질 거야.

너의 존재

다른 이의 삶을 흘겨보며
나의 존재와 가치를 의심하고
좌절하지 마라.

세상에는 모든 존재가
쓸모 있고 가치 있다.

존재 자체만으로

우리는 스스로를 증명하며 살고 있다.

다른 이의 삶을 훔쳐보며
나의 행복과 사랑은 어디 있냐고
울부짖지 마라.

세상에는 존재하는 사람만큼
행복이 있고 사랑이 있다.

너를 위한 행복과 사랑이
분명히 존재하고 있다.

너의 존재가 가치고
너의 존재가 행복이며
너의 존재가 사랑이다.

나를
돕는 사람

나는 죽는 날까지 나를 돕는 사람이 되고 싶다.

스스로를 자책하고 몰아세우고 깎아내려가며 살기에는 이제껏 버티며 살아온 날들이 나에게 너무 소중하기 때문이다.

스스로를 돕는 자는 하늘도 돕는다고 했다. 너무나 따뜻한 말이 아닐 수 없다.

지쳤을 때는 스스로 괜찮다 다독여주고, 쓰러졌을 때에는 한번쯤 쉬어가라는 이야기라며 일으켜 세우는 것이 필요하다.

세상에 혼자인 것 같을 때면 그 감정을 느낄 수 있음에 다행이라고 말해주고, 상처받아 무너졌을 때는 그 상처가 더 큰 성장을 위한 쉬어감이라 용기를 내는 것이 필요하다.

다른 이의 도움을 바란 적도 있지만 스스로에게 도움의 손길을 먼저 내밀어야 한다는 생각을 이제야 한다.

누군가를 도우라고, 누군가에게 도움이 되라고 배워왔지만 스스로를 도와주어야 한다는 건 배운 적이 없기 때문이다.

누군가가 나에게 이야기해주었다면 나도 세상에 선한 영향력을 끼칠 수 있는 사람이 되지 않았을까. 나를 도운 만큼 남도 도울 수 있는 여유가 생기지 않았을까.

스스로를 돕다 보면 알게 된다.

가장 귀하고 소중한 것은 바로 나라는 걸.

지금 여기 숨 쉬고 있고 따뜻한 마음을 가진 나라는 걸. 무수한 날들을 지나오는 동안 나의 존재를 사유하고 고뇌하며 다행히 살아 있다 느끼고 있다는 걸.

이제껏 버티고 참아줘서 참 대견하고 고맙다는 걸.

조금의 시간과
약간의 거리

적어도 내가 경험한 바로는, 사람을 대할 때 말을 아끼고 먼저 대화를 주도하지 않는 사람은 대체로 배려가 깊고 예의 바르다. 마음속에 상처가 많고 조심스러운 성격일 수도 있겠지만 관계에 있어 실수할 상황을 줄이려는 노력임을 자주 느꼈다.

친할수록 선을 지켰고 가까울수록 밑바탕에 배려를 두었다. 시간이 지난 후에 넓은 관계를 만들기는 쉽지 않겠지만 분명 깊고 마음을 헤아리는 사람이 곁에 남았다.

서로가 이해하려 노력하더라도 모든 것을 나누고 이해할 수는 없다. 나의 마음을 다 보여준다고 해서 그 마음을 곧이곧대로 받아들이는 관계도 드물다. 하지만 서로 같은 위치에 있고 평등하다고 생각하며 함께라는 일말의 믿음만 있다면 된다.

상대가 나와 같지 않다고 나를 절대로 이해하지 못하는 것도 아니고, 노력하는 모습이 보이지 않는다고 해서 노력하지 않는 것도 아니다. 말을 하지 않고 있음은 나를 기다리고 있다는 뜻일 수도 있고, 말을 아낀다는 것은 나를 존중한다는 무언의 표현일 수도 있다.

우리가 어느 자리에서든 서로에게 노력하고 있다는 것을 알고, 적극적이든 소극적이든 서로가 다른 존재라는 것을 이해하고 있는 그대로 받아들이려 배려한다면 관계는 깊어질 수 있다.

조금의 시간은 관계를 맺어주고
약간의 거리는 사람을 이어준다.

미안하지 않게,
고마울 수 있게

우리는 대부분

그리고 자주

사람들을 오해하고 판단한다.

상대의 대부분을

안다고 생각하지만

상대의 일부도

제대로 알지 못하는 게 사람과의 관계다.

내가 당신을 이해한다는 말은
상대에겐 폭력과 다름이 없다.

내가 겪어봐서 안다는 말은
오만한 행동일 수밖에 없다.

상대도 나도
스스로를 잘 알지 못한다.

내 속엔 내가 너무 많음을,
헤아릴 수 없는 수많은 내가 존재함을
이제는 인정해야 할 때다.

남을 판단하고 재단하기 전에
나를 돌아보고 다듬어야 한다.

내가 나를 오해하고 성급히 판단하지 않았는지
내가 원하는 것이 무엇이고

나를 위하는 것이 무엇인지
먼저 돌아봐야 하는 것이다.

나도 모르는 사이에
나를 혹사시키진 않았는지
스스로를 궁지로 몰지 않았는지
질문을 던져 보아야 한다.

나에게 미안하지 않게,
나에게 고마울 수 있게.

나에게
미안하지 않게

나에게 고마울 수 있게 ──

배려에 대한
고찰

배려라는 게 말이죠.

하는 입장에서는 친절일지 몰라도

받는 입장에서는 부담일 수 있어요.

상대가 원하는 배려를 하기란 쉽지 않아요.

특히 남녀 관계에서는 더더욱 그렇죠.

배려가 호감이나 관심으로 비쳐

오해를 사는 경우도 생기니까요.

사람들이 생각하는 배려의 정의가 각기 다르니
배려하는 입장에서는 참 어려운 일입니다.

하지만 남에게 어떻게 보일지 생각하기보다는
스스로 노력하려는 마음가짐이라면,
어느새 나도 누군가에게 따뜻하고 너그러운 사람이 되어 있
을 겁니다.

나는 믿습니다.
상대를 위하는 마음으로 배려한다면
언젠가 모든 인간관계에서
나의 진심이 받아들여질 거라고요.

사라질 것을 붙잡지 말고

흐르는 빗속에 흘려보내길.

아늑한 미소 한번 지어주며

다가올 폭풍을 뚫고 나아가길.

제3장

반짝반짝
빛나는

우리가 할 수 있는 최선은

이 멋진 여행을

즐기는 것뿐이다

그녀에게
물었다

그녀에게 물었다.

이제 그만 날 놓아주는 게 어떠냐고.

그 물음으로 우리는 서로 알게 되었다.

그동안 사랑했던 시간이 고작 이 한마디에 끝나버렸다는 것을.

우리는 아무 말도 없었다.

그동안 나를 위해준 그녀에게 고마웠지만 그뿐이었다.

우리 사이의 모든 일들은 우리가 원한 일이었지만

서로 지쳐가고 있었다.

어느 순간 그녀에게 난 그저 큰 짐일 뿐이었다.

그렇게 우리의 연애는 끝났다. 홀가분했다.

이렇게 헤어진다 해도 후회는 없을 것 같았다.

식어버린 사랑의 추억은 희미해질 것이고,

훗날 그녀의 슬픈 얼굴만 어렴풋이 기억나겠지.

세월이 흐르고 또 다른 사랑이 찾아왔다.

그리고 새로운 추억을 써 내려갔다.

여느 때와 다르지 않았다.

새로운 감정과 새로운 환경이 주는 즐거움은

예전 그녀를 잊기에 충분했다.

그렇게 새로운 만남과 인연을 이어갔고,

그 만남 끝에서 나는 알아버렸다.

지금의 연인에게 하고 있는 나의 행동이

예전 그녀에게 했던 행동과 다르지 않음을.

어느 순간부터 그때의 그녀처럼

나의 모든 걸 받아들이고 있었다.

아무 말도 없었다.

투정도 없었다.

그저 내가 하는 말을 묵묵히 들었고

내가 하는 말에는 말없이 동의했고

내가 하겠다는 일에는 어떤 불만도 토로하지 않았다.

그렇게 점점 예전 그녀와 같은 모습으로 나를 바라보고 있었다.

내가 아는 그 슬픈 표정으로……

그랬다.

모든 것이 나의 문제였다.

똑똑히 기억하고 있다.

나를 바라보는 지금 그 눈빛은,

몇 해 전 내가 마주했던 눈빛이었기에……

있는 그대로의 내 모습을 무조건 받아주던 모습들은

나를 위한 것이 아니었음을 깨달았다.

너무 헌신적이라 생각했던 태도들은

나를 조금씩 포기하고 있었기에 가능했던 것들이었다.

무미건조한 우리 관계의 발단은, 나였다.

혹 나 같은 사람이 있다면

지금 옆에 있는 사람이 하는 말들에

진심으로 귀 기울이기를,

그가 하는 말에 담긴 마음을

한번쯤은 꼭 헤아려보기를.

그 시작이

서로에게 멀어져가는 끈을 다시 잡을 수 있게

도와주는 마지막 기회일지도 모르니까.

사랑이
머문 자리

인연이란

참 모를 놈이지요.

누군가에게는

매번 철썩이는 파도처럼

숱하게 오지만

누군가에게는

백 년에 한 번 피는 용설란처럼
한평생 마주치지도 못하지요.

인연이 다가왔는데도
모른 채 지나가기도 하고
알고도 흘려보내기도 하지요.

인연이란
참 슬픈 놈이지요.

사랑이 머문 자리를
흔적도 없이 녹아내리는 눈처럼
눈물로 흘러내려 버리지요.

온기가 있던 자리를
어린 싹 없는 메마른 땅처럼
황량하게 만들지요.

인연은 떠나갔으나

고통은 여전히 머무르지요.

인연을 지키는
첫 번째 원칙

인연이란 참 고약해서

이어질 법한 관계도 꼬이게 만들고

끊어질 법한 관계도 얽히게 둔다.

어느 순간 관계에서

타이밍이라는 시간의 장난과

마음이라는 감정의 속삭임에

사랑이란 진정한 모습을 감춰버린다.

우리의 모습은 변하고

마음도 퇴색되기 마련이다.

인연은 결국

누가 누구를 더 사랑하느냐의 문제가 아니라

누가 누구를 더 지켜내느냐의 문제로 결부된다.

변하지 않기 위해 노력하는 것

변하지 않도록 지켜주는 것

그것이

인연을 잃지 않기 위한

첫 번째 원칙이다.

우리 정말
행복했을까

누구나 사람을 좋아해본 경험이 있을 것이다. 누군가를 좋아하는 감정으로 설레기 시작할 때, 서로의 마음을 알아갈 때가 가장 아름다운 시절이라는 걸 이제야 깨닫는다. 그 사람을 떠올리기만 해도 눈물이 차올랐던 순간도 나중에는 웃으며 말할 수 있는 추억이 된다는 사실도.

하지만 좋은 추억이었다고 말하기에는 가늠할 수 없을 만큼 깊은 곳에서부터 아렸던 가슴이 허락하지 않는다. 그리고 스스로 묻는다.

그때 우리는 정말 행복했다고 말할 수 있을까?

자신의 감정에 충실하지 못한 채

적당한 거리에서 마음을 주고받던 그 시간을

좋은 추억으로 남겨두어도 되는 것일까?

누가 사랑을 아름답다고 표현했을까. 생각해보면 아련하고 가슴 아팠던 기억이 더 많았을 텐데. 그 사랑이 이루어지지 않았기에 좋은 추억으로 남기고 싶은 욕심이 아닌가.

이루어지지 않은 사랑은, 사랑이 아니라는 말이 있다. 누군가에게는 못 이룬 풋사랑도 그 시절의 순수하고 풋풋했던 추억이라지만, 그 시절 견디기 힘들게 아팠던 누군가에게는 그저 씁쓸한 기억일 뿐이다.

세상에서 가장
애틋한 약속

흔히들 이야기한다.

"첫눈 오는 날 만나자."

'첫눈 오는 날'은 어쩐지 애틋하게 느껴진다. 첫눈 오는 날
만나 특별한 시간을 '함께' 보내자는 의미가 포함되니 말이다.
사랑이 움텄지만 아직 마음을 확인하지 못한 사이라면, 그 말은
'그날 너에게 고백할 거야'라는 설렘을 담은 의미로 다가올지
도 모르겠다.

약속을 할 때는 좋을지 몰라도, 첫눈이 내리기 전에 헤어지거나 둘 중 한 사람이 약속을 잊는 등 다양한 이유로 약속이 지켜지지 않을 때도 있다. 그럼에도 우리는 매년 첫눈 오는 날을 애틋하고 특별하게 여기며 기다린다. 그리고 다시 한 번 희망과 설렘을 안고 말한다.

첫눈 오는 날 만나자고.

하지만 나는 조금 더 애틋한 말을 건네고 싶다. 첫눈 올 때 만나자는 말은, 일 년 중 가장 특별한 순간을 그 날로 한정짓는 것 같으니까. 우리가 함께한 매 순간의 소중함을 간직하고 싶다.

"따뜻한 볕이 좋은 날에 만나자."
"슬픈 비가 내리는 날에 만나자."
"하늘에 구름 한 점 없는 날에 만나자."

나에 대한 기억이 특별한 날뿐 아니라 평범한 일상 안에서 문득 떠오르기를 바란다. 짧은 계절의 변화, 그 사이에서도 나를 기억해주면 좋겠다.

그렇기에 난 이런 말들로 상대가 그때의 우리를, 그때의 나를 추억하게 만들고 싶다.

늦은 고백

"난 너를 만나면서

더 좋은 사람이 되어가는 것 같아."

너는 언젠가 나에게 이렇게 말했다.

돌아보면 너라는 사람을 만나는 동안, 나도 마찬가지였다. 매 순간 너에게 기쁨이 되려고 했으니까. 너를 만나는 동안 난 행복했고, 따뜻한 사람이 되어갔다. 내 삶의 구멍 난 곳을 채워주던 사람은 바로 너라는 존재였다.

이제와 늦은 고백이지만, 이야기하고 싶다.

고맙다고, 너무나 고마웠다고.

나라는 사람이 너라는 사람으로

성숙해지고 아름다워졌다고.

그리고 나는 아직도

더 좋은 사람이 되려고 노력한다고.

편안한 당신이
그립다

당신은 편안히 곁에 두고 이야기할 누군가가 있나요?

내 마음을 속이지 않고 진솔하게 이야기할 수 있는 누군가가 지금 떠오르나요?

우리는 많은 사람과 쏟아지는 정보 사이에서 바쁘게 살아가고 있지요. 허무맹랑한 글이 난무하고, 안팎으로 오르내리던 이슈들도 금세 사라져버리는 시대를 살지요. 조금은 천천히 돌아서 가며 진실하게 서로를 마주 보고 이야기하는 시간이 줄어들고 있습니다. 목소리를 직접 듣는 것보다 문자메시지를 더 편하게 여기는 그런 시대. 수많은 채팅창을 통해 감정은 왜곡되거나 차갑게 전달되기도 하지요. 그렇기에 조금은 더 따뜻한 말을 건네려는 마음과, 온기를 전하려는 의지가 필요한 때입니다.

그래서 더욱 마음을 나눌 수 있는 편안한 사람, 쓸데없는 걱정 없이 나를 즐겁게 해주는 사람, 편안한 대화를 이어갈 줄 아는 사람이 내 옆자리에 있었으면 좋겠습니다. 따뜻한 온기를 차 한 잔으로 나눠 마시며 세상 걱정은 날려버리고 끊어지지 않는 인연의 끈으로 엮인, 함께 있을 때면 서로가 즐거울 수 있는 사람. 유유히 흘러가는 강물처럼 변하지 않는 자연스러움을 지닌 그 사람이 그립습니다.

기억을 더듬어보면, 나를 편안하게 해주던 사람들은 많았습니다. 그러나 정작 내 마음의 준비가 되어 있지 않아 인연의 끈을 놓아버리기도 했고, 스스로 벽을 만들어 상대의 호의를 거절해 차가운 사람으로 비쳤던 적도 있었습니다. 내가 먼저 편안한 마음으로 다가갔다면 수없이 지나쳐간 사람들에게 따뜻한 사람으로 기억되지 않았을까 하는 후회도 생깁니다.

지난 일은 뒤로하고, 이제부터라도 나의 진정 어린 모습을 보여주려 노력해야겠지요. 하지만 지금 내 주위 사람들에게 편안함을 나누어주기에는 이따금 세상이 차가운 것을 느낍니다. 내 마음을 글자 하나하나에 정성스럽게 담아 채팅창에 올렸을 때, 나의 마음과 정성이 온전히 닿을 수 있을까요? 분명 글자로 내 진심을 다 표현하기에는 한계가 있습니다. 내 옆자리에서 잔잔한 웃음을 띠며 나의 이야기를 들어줄 누군가가 필요한 시간입니다.

우리는 너무 많은 것을 잃어가고 있어요.
세상이 빠르게 흘러가면서
느림의 가치들이 사라지고 있어요.
조금은 느려질 필요도 있을 거예요.
손으로 꾹꾹 눌러 쓴 편지가
공원에 앉아 이야기를 나눌 수 있는 여유가
주위 풍경을 둘러볼 수 있는 마음이
상대의 속도에 맞춰 걷는 배려가
우리에게 필요할지도 몰라요.

그 느림이 누군가에게는 편안함으로 다가오겠죠.

서로에게 편안한 사람이 되어

그리움이 설렘으로 바뀌겠죠.

조금은 느려질 필요도

있을 거예요 _____

손으로 꾹꾹 눌러 쓴 편지가

공원에 앉아 이야기를 나눌 수 있는 여유가

우리에게 필요할지도 몰라요

사랑하라
품어라
떠나라

품어야 할 때

품어야 함을 알고 품은 사람은 아름다우며

떠나야 할 때

떠나야 함을 알고 떠난 사람은 낭만적이고

사랑해야 할 때

사랑해야 함을 아는 사람은 정열적이다

저마다의 이유로

우리는 많은 것들을 놓치고

다양한 것들을 잃고 산다

정작 해야 할 일에는 주저하고

무릇 하지 말아야 할 일에는 유혹되는

흔들리는 우리의 삶

계절 속에 지난날은 고이 내려놓고

맑은 영혼을 위해 희망을 품어야 할 것이다

시간이 없다

사랑하라

품어라

떠나라

떠나라

걱정의
이유

부모에게 자식은 평생 철들지 않는 어린아이라지만, 도리어 자식은 부모님을 바라볼 때 '내가 나이가 들었구나' 하는 생각이 종종 든다. 전에는 보이지 않던 아버지의 작아진 어깨가 눈에 밟히는 순간이나, 예전에는 척척 해내시던 집안일을 힘겨워하시는 어머니를 보며 가슴이 저릿해올 때가 그렇다.

부모님이 사시는 아파트 단지에는 어디를 가든 반드시 건너야하는 건널목이 있다. 여느 때처럼 어머니는 성당에 가신다고 고운 옷을 챙겨 입고 현관 앞에 서셨다.

"아들, 엄마 간다."
"네, 조심히 다녀오세요."

어머니께 인사를 하러 현관으로 나가는 새, 그날따라 혼자 집을 나서는 어머니의 뒷모습이 왜 그리 외로워 보이던지. 어머니가 집을 나서고 난 뒤 '집 앞 건널목을 잘 건너실 수 있을까' 하는 걱정이 들었다. 신호가 바뀌어도 차가 오지 않는지 예의주시해야 할 텐데 잘 살피고 건너실지, 어린 아이를 혼자 내보낸 것처럼 불안했다.

곧바로 아파트 베란다로 가 어머니가 건널목을 무사히 건너는 모습을 끝까지 지켜보고 나서야 마음이 놓였다. 천천히 횡단보도를 건너는 어머니의 걸음걸음을 주시하며 얼마나 마음을 졸였는지……. 어르신들이 걷기에는 짧기만 한 신호가 애석하기까지 했다. 어머니의 모습이 시야에서 사라지고 난 후에야 나는 방으로 돌아와 컴퓨터 앞에 앉았고, 멍하니 그 자리에 오래도록 있었다.

이런 걱정을 하게 될 줄이야. 세월이 슬펐다. 평생 아들에게 차 조심하라고, 몸 조심하라고, 건널목을 건널 때 오는 차들을 잘 보라며 당부하셨는데. 이제는 내가 어머니를 걱정하고 있다니.

평생 아들 걱정으로 노심초사했을 어머니를 생각하니 무심코 나만 생각했던 지난날들이 하염없이 죄송스러웠다. 눈시울마저 붉어졌다.

나에게는 잠깐이었던 걱정을 어머니는 평생 해오셨을 텐데. 늘 옆에서 자식 걱정하며 마음을 졸이셨을 텐데. 하루 무사히 보냈다는 것만으로도 행복하셨을 거고, 집을 나섰다가 아무 탈 없이 "엄마, 아들 왔어요."라는 목소리에 안도의 한숨을 내쉬셨을 텐데.

늘 곁에 있지만 그 사랑과 걱정을 깨닫지 못한 채 나만 바라보며 달려왔던 시간이 떠올랐다.

이제는 내가 더 사랑해야 할 차례다.

나를 위해 살아온 시간만큼 부모님께 정성을 다하려 한다.

상대의 색을
지켜주는 일

우리는 누구나 상대방이 좋아할 만한 말을 건넬 때가 있습니다. 내가 하고 싶은 말이나 행동이 아닌, 상대에게 맞춰주는 말과 행동. 그래서인지 숱한 만남들을 갖지만 꾸밈없이 누군가를 대하는 경우가 점점 줄어들게 됩니다. 지나고 보면 그런 관계는 기억조차 나지 않는 낙서 같은 만남이 되기도 하지요. 사람과 사람 간의 관계 속에서 가장 중요한 것은 진심이며, 그 진심은 오랫동안 집에 걸어둔 작품 같다는 생각이 듭니다.

오래전에 읽은 《탈무드》에서는 가슴속에 진심의 학교를 세우고 모든 사람을 만나라고 했습니다. 세상이 때 묻고 녹슬었다 해도 진심은 어디서든 통하는 법이니까요.

저는 맑은 물이고 싶습니다.

누구나 각자의 색깔을 뽐내며 세상이라는 호수를 물들여 갈 때, 서로가 서로를 만나 누군가는 화려한 색깔로, 누군가는 어두운 색깔로 비춰져 아름다워 보이기도 하고 미워 보이기도 하며 다양한 색으로 호수를 채워가겠지요.

그러다 서로의 진심을 가린 채 다양한 색으로 계속해서 물들이다보면, 언젠가는 호수가 탁하게 변해갈 것입니다. 언제부터 어두워지기 시작했는지도 모른 채로요. 내가 먼저 노력한다면, 나 한 사람으로 인해 그 호수의 색을 조금이나마 투명하게 만들수 있을까요? 가려진 진심이 아닌, 자연스럽게 표현되는 배려로서 세상이라는 호수를 맑게 만들어갈 수 있도록요.

사람들은 저마다 자기만의 색깔을 가지고 살아갑니다.

그런데 자신의 색을 상대에게 물들이려는 것은 이기적인 모습이 아닐까요? 서로 투명한 모습으로 상대를 맑게 만들어주는 것도 나쁘지 않을 텐데 말이죠.

서로의 색을 인정해주는 일,

나의 색을 소중한 사람에게 물들이지 않는 일,

당신이라는 명작에 나의 색을 입혀

더럽히는 과오를 범하지 않도록

서로의 색을 인정하고 존중하도록 해요.

마음의
꽃

서먹한 겨울

서리 낀 마음

내 마음은 언제나 봄이었으나

그는 내게 늘 겨울이라 알려주었다.

그의 스산한 바람으로

나는 꽃도 피지 못하고 시들어버렸고

그의 불투명한 빗물로

나의 눈은 빛도 보지 못하고 젖어버렸다.

내 마음의 꽃은

여전히 피우지 못하고 서성이는데

무심히도 아름다운 눈꽃은 이 겨울에 펼쳐져

온 세상이 당신으로 덮여버렸다.

마음의 꽃

인생이
다가올지도 몰라

사람이 사람을 만나는 일
어떤 이에게는 사소한 인연일지 모르나
나에게는 그 사람의 인생을 만나는 일

쉽게 지나칠 수 없는
그 사람의 인생을 숨 막히게 받아들이는 일

이제는 사람을 만나는 일이

쉽지만은 않은 나이가 되었다.

내가 그의 인생극장에

조연일지도 모르니…….

거절이
필요한 순간

상대방의 부탁을 거절하는 일은 참 어렵습니다. 나에게 부탁을 해오는 이가 학교 선배나 친한 친구, 직장 상사나 가족일 경우에는 더더욱 어렵습니다. 그렇지만 그들의 부탁이나 지시를 거절하는 일이 꼭 필요하다고 느껴질 때가 있을 거예요.

우리는 가끔 생각지도 못한 부탁을 들어주느라 시간을 허비하고 있는지도 모릅니다. 다른 일을 신경쓰느라 자기 자신에게 집중해야 할 시간을 잃어버리는 일도 생기지요. 아무 일도 하지 않는 것보다 훨씬 비생산적일 수도 있어요. 그저 가만히 있는 것만으로도 나에게 휴식이 되고 충전이 될 수 있으니까요. 그렇게 거절하지 못한 채 자신의 시간을 허비하지는 말자고요.

누군가는 부탁을 들어주면 인간관계가 좋아질 뿐만 아니라 더불어 살아갈 수 있으니 일석이조라 이야기할지도 모릅니다. 하지만 주위 사람들만을 위해 지내다 보면 나를 위해 사는 법을 잃어버릴 수도 있습니다.

상대방의 부탁 덕분에 두 사람 사이가 더 돈독해지기도 하지만, 그 부탁 때문에 온전히 나 자신만을 위한 시간과 기회가 줄어들 수 있다는 점도 생각해볼 수 있으면 좋겠어요. 지나친 허용은 스스로를 힘들게 만들기도 하니까요.

솔직해지세요. 남들에게 착한 사람으로 보이려고 애쓰지 마세요. 사랑과 관심을 받고 싶다는 이유나 미움받고 싶지 않다는 이유로 나를 잃어버리지 마세요. 싫으면 싫다고, 어려울 땐 어렵다고 말하세요.

거절할 줄 아는 용기로 당신의 삶을 온전히 되찾아가세요.

누군가 당신을 싫어한다고 해서, 미워한다고 해서 변하는 건 없어요. 그건 그 사람의 생각일 뿐, 당신의 삶에 영향을 주지 않으니까요. 거절이 필요한 순간을 외면하지 않는다면 우리는 벅찬 인간관계에서 자유로워질 수 있어요.

우리는
다른 장르의
책이다

사람마다 좋아하는 책이 다른 만큼 책의 장르도 수없이 다양하다. 그래서 여러 장르의 책을 두루 섭렵하기란 사실상 쉽지 않다. 비슷한 성향의 사람과 쉽게 친해지듯, 내가 좋아하는 분야의 책만 파고들게 되니까.

가끔 지인의 부탁으로 생소한 장르의 책을 읽어야 할 때가 있다. 수년이 흘러도 내 손으로는 직접 찾을 것 같지 않은 그런 종류의 책들 말이다. 예를 들어 '반도체의 역사'라든가 '인디언은 왜 분장을 했는가'처럼 내 관심사가 아닌 주제를 다룬 책들.

어찌 되었든 부탁을 받았으니 좋든 싫든 읽고 난 뒤 느낌을 전해야 한다. 그래서 책을 읽어 내려간다. 한 장을 이해하는 데만도 몇 분의 시간을 들여야 한다.

그렇게 잘 소화되지도 않는 글을 꾸역꾸역 인내심을 가지고 읽어 내려가다 보면, 내 눈길을 끄는 구절이 몇 개는 존재한다. 그리고 그 책의 마지막 장, 마지막 마침표에서 눈을 떼고 난 뒤에는 왠지 모를 성취감을 느낀다.

나는 가끔 세상에 이런 사람이 존재하나 싶을 정도로 나와는 성향이 전혀 다른 사람을 만날 때가 있다. 사람을 많이 만나야 하는 일을 하는 나로서는 종종 생기는 일이다.

분명 나와는 어울리지 않을 것만 같던 사람과 시간을 보내다 보면, 왠지 모르게 동질감이 느껴질 때가 있다. 다양한 주제로 대화를 하다 보면 이 사람도 이렇구나, 하고 무릎을 탁 치는 순간이 온다. 공통점을 찾는 순간, 그 사람과 나는 오랫동안 떨어져 지내다 만난 친구처럼 느껴진다. 또 그런 새로운 사람과의 만남에서는 언제나 배울 점이 있다.

책도 비슷하다. 낯설게 느껴지는 책도 막상 읽다 보면, 단 한 줄이라도 배울 수 있는 구절이 있고 영감을 주는 단어가 있다. 이처럼 나와 다른 사람에게도 '당신이라는 사람, 한번 읽어 내려가 보자'라는 마음만 갖는다면, 적어도 알게 모르게 품고 있던 상대에 대한 선입견에서 자유로워지지 않을까.

세상을 살아가면서 만나는 사람들은 모두 다른 장르의 '책'이다. 각자에게 주어진 인생의 작가로서 이야기를 써내려가고 있는 것이다. 나는 그 '책'을 읽기 위해 노력하고 자세히 살펴보려고 한다. 이 세상에 쓸모없는 책이 없는 것처럼 사람도 마찬가지다.

책 한 권을 읽는다는 것은 그 사람을 읽는다는 것이고, 이해하기 위해 노력한다는 뜻이다.
책과 사람은 공통된 의미를 지닌 위대한 스승이다.

책 한 권을 읽는다는 것은

그 사람을 읽는다는 것이고,

이해하기 위해 노력한다는 뜻이다

책과 사람은 _____

공통된 의미를 지닌 위대한 스승이다

잘 지내나요,
그대

어릴 적 나의 옛 친구들은 무얼 하며 살고 있을까? 내 인생의 전부라고 믿었던 학창 시절의 벗들은 나를 기억하고 있을까? 세상살이에 지쳐 팍팍하게 돌아가는 나의 삶. 그들에게 안부조차 물을 수 없을 만큼 바쁘게 허덕이며 살아온 내 자신을 돌아보고 싶다.

간혹 오랜만에 연락이 닿거나 우연히 다시 만난 사람들에게 습관처럼 안부를 묻지만, 그게 꼭 진심을 담아 전하는 말은 아닌 것 같다. 그래서 슬프기도 하다.

지금보다 키가 훨씬 작았을 때, 벗들에게는 내 모든 것을 주어도 아깝지 않았고, 서로를 믿고 의지했었다. 작은 과자 하나도 나누어 먹으며 하하 호호 웃고 떠들던 때를 그 친구들도 기억할까? 그때 서로에 대해 묻던 안부는 '진짜'였고, 서로에게 더 나누어주지 못해서 더 안타까웠던 나날들이었는데.

지금도 늦지 않았다. 내가 먼저 진심으로 안부를 묻고 가까이 있는 사람들을 아낀다면, 그들도 내가 전하는 안부를 인사치레가 아닌 진심 어린 마음으로 느끼지 않을까? 설사 오랜 세월로 나를 완전히 잊었다 해도 추억을 함께한 그 친구들에게 안부를 전한다면 그들에게도 나에게도 참 반갑고 좋은 일이 되리라.

우리는 쉽게 안부를 물을 수 있고, 내 이야기를 전할 수 있는 시대에 살고 있다. 마음만 먹으면 전자 기기로 얼굴을 보며 대화도 할 수 있다. 그런데 난 아날로그형 인간인가 보다. 내가 안부를 묻는 그 사람을 보고 듣기보다, 만지고 느끼고 싶으니까. 우리는 오랜 추억을 함께 공유한 벗이었고, 내 기억 속에서 그 친구들은 잊히지 않을 테고 살아가는 데 있어 영원히 함께이고 싶으니까.

그래서 오늘 난, 그동안 소홀했던 내 사람들에게 손으로 편지를 쓰려 한다.

사각사각 종이 위를 달리는 연필 소리. 그래, 편지다. 내가 직접 쓰는 손 편지로 그들의 마음이 콩! 하기를. 입가에 미소가 활짝 피기를.

한때 나의 전부이던 우리였지만, 이제는 만나기도 어려운 곳에서 서로의 안부만을 묻고 살 수 있다는 것도 참으로 기분 좋은 일이 아닐 수 없다. 왜 이렇게 편지 한 장 쓰기조차 어렵게 된 건지. 누구의 탓으로 돌리기에는 변명으로만 들릴 것 같아, 지금까지의 모습은 이해할 수 있는 나이가 되었으니, 조금만 너그럽게 서로를 바라보기로 하자.

손으로 쓴 편지는 마음을 전하는 매개체 중에서 받았을 때 가장 기분이 좋다. 사람들 모두 어릴 적 주고받았던 그 느낌을 아직 잊지 못하는 것이리라. 부모님이 여행 떠나실 때 아이들에게 남겼던 메모, 냉장고에 붙여두었던 장보기 물품, 대신 전화를 받고 남겼던 메모, 설렘으로 가득했던 러브 레터까지 우리는 항상 작은 편지를 남기며 살았다. 그런 것들이 있어 오랜 시간이 흐른 뒤에도 그때의 온기를 고스란히 느낄 수 있는 것이다.

지나간다

어차피 지나가면 잊힐 것을.

몽글몽글 풋풋했던 내 첫사랑도

파릇파릇했던 내 청춘도

뒤죽박죽 얽혔던 인간관계도

죽을 만큼 힘들었던 모진 고난도

영원할 것 같던 나의 친구도

시간이 지나고 나면 잊힐 것을…….

사라질 것을 붙잡지 말고

흐르는 빗속에 흘려보내길.

아늑한 미소 한번 지어주며

다가올 폭풍을 뚫고 나아가길.

지나간다

미리 걱정하지
않아도 돼

나이가 많고 적고의 문제가 아니다. 경험이 많거나 적은 문제도 아니다. 하루하루 바로 앞에 놓인 문제는 늘 당황스럽고 어렵게 마련이다. 누구에게나 다 적용되는 이야기이며, 풀어나가야 할 숙제다. 그 숙제를 풀었다고 해서 또 다른 예기치 못한 상황이 일어나지 않는다는 보장도 없다.

그렇게 우리는 다양하게 벌어지는 난감한 일들 속에서 살아가고 있다.

누가 말했다지, 사람이 생각을 하기 시작한 이래로 사는 게

쉬운 적은 없었다고. 경기가 좋든 나쁘든, 인간관계가 잘 풀리든 안 풀리든, 어려움은 늘 존재했고 그 속에서도 버티고 살아가고 있는 거라고.

어릴 적 나는 걱정이 없는 아이였다. 늘 낙천적으로 스스로를 운이 좋은 사람이라고 생각했다. 나를 둘러싼 환경이 어려웠을 때에도 다르지 않았다. 어린 마음에는 그저 친구가 최고였으니까. 그때는 어린아이였고, 내일보다 오늘이 중요한 시절이었다.

그러다 점점 나이가 들수록 '계산'이라는 것을 하게 되었다. 학창 시절에는 공부라는 경쟁과 우정이라는 잣대 속에서 젊음을 보냈고, 파릇파릇한 청춘이라 불리는 이십 대에는 넓은 세상의 사회를 경험하면서 이익이라는 것에 눈을 떴다. 이성과의 관계 속에서도 오로지 사랑만을 생각하던 때가 있었지만 어느 순간 주변 상황까지 재고 따지는 사람이 되어 있었다. 성인이 되어서는 남들보다 더 많은 것을 가져야 했고, 이기기 위해 끊임없이 노력해야 하는 삶을 살고 있었다. 누구도 경험해 보지 못한 일들을 겪기도 했고 누구나 다 해내고 있는 일들에도 걱정하고 밤잠을 설치기도 했다. 그렇게 어른으로서의 나날을 보냈다.

그렇게 치열한 삶을 살던 어느 날, 아주 우연한 기회에 생각지 못했던 상자 속 사진에 눈길을 빼앗겼다. 누구나 가지고 있을 법한 옛 사진들이었다. 그렇게 삼십 분 남짓 사진을 바라보았을까. 추억들을 곱씹어보니 다양한 환경 속에서 잘 성장해온 나는 지금 아주 성공한 모습은 아니더라도 소소한 행복을 찾아 살고 있는 사람이라는 생각이 들었다.

　옛 사진을 보고 있자니 세상이 무너질 것만 같았던 그때의 걱정과 어려움이 떠올랐다. 지금 생각해보면 아무것도 아니거나 좀체 떠오르지 않는 아주 작은 일들이었다. 죽을 만큼 힘들었던 일들도, 평생 내 사람이라고 생각했던 친구들도, 영원히 함께 할 것만 같던 사랑도, 끝나지 않을 것 같던 끔찍한 순간들까지. 그때는 뭐가 그리 아팠을까? 지나고 보면 세상이 무너질 만큼 큰일은 아니었는데 말이다. 그 모든 과정이 지금의 나로 성장할 수 있게 만들어준 자양분이었는데……

　그 많은 걱정들은 다 어디로 갔을까?

　지금도 각자 마주한 상황이 힘들고 어려울 수 있다. 남들은 저렇게 잘 살아가고 있는데 왜 나에게만 이런 시련이 닥치는지

억울할 수도 있다.

　힘들어해도 된다. 아파도 된다.

　그렇지만, 앞날을 너무 걱정하지는 말자. 지금 앞에 놓인 문제를 하나씩 하나씩 풀어가다 보면, 또 다른 문제를 해결해야 할 것이고, 어제 했던 걱정은 지나갈 것이다. 앞으로 다가올 더 큰 문제들을 해결할 수 있는 내성이 생길 거라는 작은 희망을 갖기를.

　앞으로 다가올 일에 대한 걱정은 눈앞에 왔을 때 생각하기를.

　어차피 그 일은 지나가기 마련이니까.

어차피 그 일은 _____

지나가기 마련이니까

별거
아닙니다

별거 아닙니다.

인생이 뜻대로 되지 않는다고

절망하거나 낙담하지 마세요.

아무리 노력한다 해도 최선을 다한다 해도

안 되는 일이 있기 마련입니다.

그 일들도 뒤돌아보면 별거 아닙니다.

쉬지 않고 달려야 할 때도 있고

가만히 숨을 고를 때도 있는 법입니다.

타야 할 차를 놓쳤다면 다음 차를 타면 되고

돌아가더라도 그곳에 도착하면 될 일이며

노력해도 안 되는 건 놓아주면 됩니다.

훗날 힘들고 아팠던 일들도

뒤돌아보면 별거 아닙니다.

지나가는
것들

수업에 늦는다고 해서 회사에 늦는다고 해서 어떤 모임에 늦는다고 해서 하늘이 무너지는 것은 아니다. 그 사람들에게 양해를 구하고 마음을 편히 먹는다면 생각보다 별일 없이 지나갈 문제다.

하지만 아무것도 아니라고 쉽게 말할 수 없는 일들도 있다. 내가 사랑했던 사람이 나를 떠나거나, 생각지도 못한 큰일이 다가오거나, 하루 종일 눈물 흘려도 마음이 풀리지 않는 일들이 가끔씩 터진다. 그때는 그저 상황에 몸을 맡기고 꾸역꾸역 버티는 수밖에.

버티고 또 버티다 보면 지금 아팠던 순간이 뒤돌아봤을 때 별것 아닌 게 될 거라고, 스스로 위로하는 수밖에.

나도 큰일을 겪은 적이 있다. 많은 사람들이 위로의 말을 건네며 걱정해주었다. 지금 생각해보면 내 힘으로 어쩔 수 없는 일이었다. 우리의 삶이 그렇지 않나. 벌어질 거라 생각지 않은 일이 벌어지고, 설마 했던 일이 역시나 하는 순간으로 바뀌게 되는. 그런 일들이 언제 일어날지 모르는 날들의 연속.

수많은 일을 거쳐 온 지금, 예전 일들을 되돌아보면 우리는 멀쩡히 아주 잘 살아가고 있지 않은가. 돌아보면 별거 아닌 일. 우리는 그 '별것'에 신경 쓰고 많이 아파하지만, 그 '별것'은 결국 '별것 아닌 것'이 된다는 사실을 살아가면서 조금씩 깨달아간다.

그렇게 우리는 어른이 되어가는 거겠지.

반짝반짝
빛나는

누군가 나에게 인생의 영화를 묻는다면 주저 없이 〈어바웃 타임(About Time)〉을 꼽을 것이다. 시간 여행을 하는 주인공을 따라가다 보면 일상의 순간과 행복을 맛볼 수 있는 영화다. 사랑 이야기뿐 아니라 오늘 하루의 소중함이 담겨 있다. 내가 특히 좋아하는 부분은 남녀 주인공이 처음 만나던 장면이다. 그 둘은 '당 르 누아르(Dans le noir)'라는 불빛이 전혀 없는 레스토랑에서 처음 만난다. 아무것도 보이지 않기에 서로의 목소리에 집중하며 대화를 이어 나갈 수밖에 없는 만남. 여기서 둘은 일상의 대화를 나누며 서로에게 조금씩 호감을 느끼게 된다.

나는 아무것도 보이지 않는 곳에서 시작되는 러브 스토리에 매력을 느꼈다. 너무나 많은 것을 보여주며 살아가는 우리의 모습과 대비되었기 때문이다. 칠흑 같은 어둠 속에서 우리는 무엇을 볼 수 있을까. 그리고 무엇을 보여줄 수 있을까.

우리는 온갖 것에 신경을 쓰며 살아간다. 어떤 옷을 입었는지, 어떤 음식을 먹었는지, 어디에 갔는지 등 사소한 모든 것을 주위에 알린다. 마치 스스로를 확인받으려는 것처럼. 또 우리는 세상을 살아가는 모습이 비슷하다고 말한다.

학창 시절을 보내고, 졸업을 한 뒤 취업을 하고, 배우자를 만나 결혼을 하고 아이를 낳아 그럭저럭 살아가는 게 인생이라고들 말한다.

만약 우리가 어둠 속을 살아간다면 세상은 어떻게 달라질까? 어떻게 보이느냐보다 서로의 이야기에 온 신경을 다 쏟게 되지 않을까. 인생이 다 비슷하다고 말하는 대신 어둠 속에서 특별한 의미를 찾으려고 애쓰지 않을까.

어둠 속에서 빛을 발하는 별처럼 스스로를 밝게 비추는 사람이 되고 싶다. 하루를 소중히 여기고 자기 자신을 아낌없이 사랑한다면, 반짝반짝 빛나는 아름다운 별이 될 수 있으리라. 남들에게 비치는 게 중요한 삶이 아닌, 그저 하루를 나답게 살고자 노력하는 아름다운 별 말이다.

나는 오늘 하루를
나의 특별하면서도 평범한
마지막 날이라고 생각하며
온전하고 즐겁게
매일을 지내려 노력한다.

우리는 인생의 하루하루를
함께 시간 여행을 한다.

우리가 할 수 있는 최선은
이 멋진 여행을 즐기는 것뿐이다.
— 영화, 〈어바웃 타임〉 중에서

나는 오늘 하루를
나의 특별하면서도 평범한
마지막 날이라고 생각하며

온전하고 즐겁게
매일을 지내려 노력한다.

우리는 인생의 하루하루를
함께 시간 여행을 한다.

우리가 할 수 있는 최선은

이 멋진 여행을 즐기는 것뿐이다 —

내 곁에
다정한 사람

앞으로

너와 함께할 사람은

다정한 사람이면 좋겠어

이제는

너와 걸어갈 사람이

행복한 사람이면 좋겠어

스스로를 아끼고

상대방을 배려하는

좋은 사람이면 좋겠어

날 사랑하지 않는 사람이 아니라

날 사랑할 수 있게 애쓰는 사람이 아니라

날 사랑할 이유를 만드는 사람

날 사랑할 수밖에 없게 만드는 사람

있는 그대로 예쁘다 말해주는

지금의 모습을 아껴줄 수 있는

서로의 성장을 이끌어주는 사람

상대의 너그러움이 나의 단점을 덮어주는

상대의 착함이 나의 이기심을 안아주는

온 마음을 다 하는 그런 사람

나의 다정함을

다정함으로 안아줄 수 있는

내 곁에 다정한 사람을 곁에 두면 좋겠어

난 당신이 잘할 거라 믿는다.

난 당신이 더욱 좋아질 거라 믿는다.

난 당신이 행복해질 거라 믿는다.

아무 이유 없이 믿고 싶다, 당신을.

제4장

나에게
고맙다

아프지 말라고, 무너지면 안 된다고

삶이 내게 말한다

내 삶이 나를 응원한다

비워내는
연습

많이 담는다고 해서

마음이 넉넉해지는 것은 아닙니다.

아무리 담고 채운다고 해도

넓은 마음이 한없이 풍족해지는 것도 아닙니다.

그저 비워내는 것이

담아두는 것보다 편할 때가 있습니다.

봄의 파릇함을 담아두고 싶다고 해서

여름이 오지 않는 것도 아니며

가을의 낭만을 한없이 즐기고 싶다 해서

가슴 시린 겨울이 오지 않는 것도 아닙니다.

그저 오는 대로 담아두지 말고 흘려보내면 됩니다.

사랑만을 담아두고 싶다고 해서

이별의 슬픔을 피할 수 있는 것도 아니며

행복한 추억만 담아두고 싶다고 해서

눈물의 기억을 지울 수 있는 것도 아닙니다.

그저 물 흘러가는 대로

그저 바람이 부는 대로

담아두지 말고

고이 보내주십시오.

계절
속에서

.

인생에도 계절이 있습니다.

어느 때는 매서운 겨울바람이 부는 날도 있을 테고
따듯한 봄바람에 미소 짓는 인생의 한 날도 있겠지요.

대부분은 그 계절에 계속 머물기를 희망합니다.
하지만 인생이 어디 그런가요,
새로운 계절은 다시 돌아오고

또다시 그 계절에 적응해야 하죠.

우리는 늘

인생이라는 계절 안에 있었습니다.

겨울이 지나 봄이 오고 여름이 오듯

삶을 돌아보면 불행했던 시절 속에서도 행복을 발견할 수 있었고

인생의 굴곡으로 인해 행복은 더 빛날 수 있죠.

그러니

세상 일이 쉽게 풀리지 않는다 해서

절망하거나 좌절하지 마세요.

인생은 늘 흐름 속에 있었고

계절은 다시금 바뀌어 다가왔으니

겨울의 인생을 걸어간다면 언젠가 새싹이 자라나겠고

인생의 황금기에 있다면 또다시 겨울이 올 수 있음을

겸허하게 받아들여야 하는 거죠.

그렇게 생각하면

이 인생이란 것도

계절 속에 나를 맡기고

조금은 너그러운 마음가짐이 생기지 않을까요.

스스로를 너무 다그치지도 말고

벼랑 끝까지 몰아붙이지는 마세요.

노력한다 해도 바뀌지 않는 것도 있습니다.

보고싶다 해도 늘 존재 할 수 없는 것도 있습니다.

내 것이라 해도 내 것이 아니게 될 수 있고

같은 마음이라 해도 변할 수 있습니다.

우리 인생은

늘 계절 속에 있었고

우리 인생에는 언제든 또 다른 계절이 올 수 있다고

그저 그렇다고,

편안하게 인생을 맡겨보는 것도 필요합니다.

오늘의
가능성

한때 내가 무엇을 해야 하는지, 내가 무엇을 잘할 수 있는지 고민한 적이 있었다. 하지만 그때만 생각하면 될 줄 알았던 고민의 주제는 평생 가져가야 할 숙제가 되어간다.

나는 여전히 좋아하는 일을 찾지 못한 채, 잘할 수 있는 일을 찾는다. 계속해서 고민하고 생각해야 할 부분이겠지만 지금까지 그러느라 흘려보낸 날들이 셀 수 없이 많다.

생각해보라. 하고자 했던 일을 얼마나 오랫동안 지속해오고 있는지. 얼마든지 작은 일이라도 시작해 꾸준히 해왔다면, 그저 멋진 사진을 감상하는 데 그치지 않고 그 사진 속 아름다운 풍경을 누리고 있을지도 모를 일이다. 지금 이 글을 읽고 있는 당신도 오늘 하루를 되돌아보며 일기를 쓰기 시작한다면 그 일기가 쌓여 한 권의 책이 될 수도 있다. 당신이 이 글을 읽고 있는 것처럼 누군가 당신이 쓴 글을 읽을 것이고, 그 글을 좋아하는 사람이 생길 수도 있다.

예전부터 하고자 했던 일을 시도해보자. 그게 글이거나 운동이거나 혹은 공부여도 좋다. 지금 시작해보라. 진부하고 누구나 할 수 있는 말일 수도 있지만, 먼 훗날 당신이 '정말 잘한 일'이라고 스스로를 칭찬할 수 있는 시작이 될지도 모른다. 그 작은 시작을 통해 큰 일이 이루어질 수 있다.

당신이 원하는 일을 하나 찾았다고 생각해보라. 얼마나 가슴 두근거리는 일인가, 미치도록 좋아하는 동시에 탁월하게 잘하는 일을 만나는 것이. 그렇다. 우리는 수많은 가능성의 '오늘'을 살아가고 있다.

혹시 지금 멍하니 시간을 보내고 있지는 않은가.
일부러 시간을 의미 없게 써버린 적은 없었나.

그렇다. 우리는 지금 너무 작은 화면 속의 내 모습만 보고 살아가고 있다. 마치 그 속에 내가 사는 세상의 모든 것이 있는 것처럼. 좋아하는 가수의 콘서트에 가서도 스마트폰으로 촬영하느라 눈을 마주칠 기회를 포기하고, 멋진 풍경을 눈앞에 두고도 카메라로 그 풍경을 찍기에 바쁠 뿐 그 자리에서 여유롭게 주위를 둘러보고 감상하는 사람은 드물다. 사실 스마트폰으로 풍경을 찍는 사람들은 실제 그 모습을 온전히 볼 수 없다. 스마트폰의 뷰파인더에 들어간 세상만큼만, 딱 그만큼만 볼 뿐이다.

지금 이 순간

잠시 스마트폰을 내려놓고 주위를 둘러보길.

사람들의 표정과 자연을 눈여겨보고

여러 소리에 가만히 귀 기울여보길.

내가 지금 살아가는 세상이 어떤 곳이고

어떠한 일들이 나를 둘러싸고 있는지.

분명 당신이 놓치고 있던

또 다른 무언가가 보일 것이다.

살 만해?

봄바람이 불어오던 어느 날 저녁, 속상한 일이 생겨 친한 친구 녀석을 불러냈다. 살다 보면 누구나 꼭 있을 법한 인간관계 문제였다. 그 녀석을 만나 짧은 인사 몇 마디를 나누고는 뒤숭숭한 마음을 풀고 싶어 작은 선술집에 갔다. 그곳에 있는 사람들은 뭐가 그렇게 즐거운지 저마다 시끌벅적 사는 이야기를 쏟아내고 있었다.

그렇게 자리를 잡고 앉아 내 하소연을 들어주기를 바라는 마음을 안고 소주 한 병과 안주를 시킨 뒤 술 한잔 입안에 털어내며 이야기를 시작했다. 어렸을 때는 아무 걱정 없이 내일 만날 친구들의 얼굴을 떠올리며 설렘 가득 잠이 들었는데, 이제는 그럴 일이 없다며 나는 씁쓸한 웃음을 지었다. 그때, 친구는 "괜찮아. 다 모두가 겪는 일이야. 누구나 똑같은 경험을 해."라며 위로의 말을 건넸지만, 전혀 위로가 되지 않았다.

"야, 인마! 네가 내 맘을 아냐? 넌 죽었다 깨어나도 몰라. 내가 얼마나 힘든지. 아무리 '괜찮다, 슬퍼하지 마라, 아프지 마라' 주위에서 외친다 해도 정말 내 상황이 되면 위로가 될까? 그렇지 않단 말이지. 그래, 너는 살 만한가 보다. 나는 이렇게 죽을 맛인데…… 내가 힘든 건 진짜 아무도 모를 거야."

내 하소연을 듣자마자 친구는 웃으며, "모르니까 여기 와있는 거 아니냐" "힘들 때 술 한잔 따라 줄 친구 하나 정도는 앞에 있어야 하지 않겠냐"며 또 다른 위로를 건넸다.

친구의 따뜻한 마음이 스친 술 한잔 마시고 나니 그제야 마음이 후련해졌다. 이래서 '그래도 살 만한 세상'이라고 하나 보다.

오늘도 누군가를 만나 묻는다.

"살 만해?"

살 만해?

내 삶이
나를 응원한다

수많은 사람들 속에서 혼자 슬프지 않도록 외로운 시간들 속에서 혼자 아프지 않도록, 우리는 그렇게 하루를 살아갑니다. 무엇이든 할 수 있을 거라 자신하던 때도 있었는데 이제는 조금씩 지쳐 갑니다.

누구나 멋진 삶을 기대하죠. 무엇을 성공으로 바라볼지는 각자의 기준에 따라 다를 겁니다. 작은 행복만 누릴 수 있다면 그게 바로 성공이라고 여겨 왔는데 문득 그것조차 사치처럼 느껴집니다.

세상에 도움이 되는 사람이 되고 싶다고 친구들 앞에서 당당히 이야기해왔는데, 점점 의기소침해지는 내 모습이 처량하기까지 합니다.

그래도, 더 어려운 상황 속에서도 당당하게 살아가고 있는 누군가처럼 스스로를 토닥이는 내 마음을 위해서라도 조금만 더 힘을 내야 할 것 같습니다. 예전에 꾸었던 꿈들을 다 이룰 수는 없지만 또 다른 꿈을 꾸며 앞을 향해 걸어가고 싶습니다.

우리를 둘러싼 다양한 매체들은 오늘을 살아가는 아픈 청춘들을 비웃기라도 하듯 희망 없는 기사들을 자극적으로 쏟아냅니다. 조금이나마 희망찬 메시지를 듣고 싶지만 세상은 그리 호락호락하지 않다고 말하는 듯합니다. 무표정한 사람들 속에서는 더더욱 희망을 이야기할 수 없지요. 아주 작은 희망조차도요.

거리를 오가는 수많은 사람들을 봅니다. 저들도 나와 같이 큰 바위처럼 무거운 짐을 어깨에 지고 다니지는 않을까 가끔 상상해봅니다. 짊어진 바위의 크기가 똑같을지언정 속이 텅 빈 바위일 수도 있고, 무거운 쇳덩이로 만들어진 바위일 수도 있겠지요. 개개인의 바위 무게가 다르더라도 각자가 삶의 무게를 책임

져야 한다는 사실만은 같을 겁니다.

그 무게를 누군가에게 전달할 수 없으니 오롯이 스스로 짊어져야 한다는 사실도요.

나는 조용히 희망합니다.

우리가 평생 이 무거운 삶의 무게를 지고 혼자 걸어가는 일이 없기를요. 유유히 혼자 걷고 있으면 주위 사람들이 그 무거운 삶의 바위를 함께 짊어지기도 하고, 작은 망치로 바위를 깎아주기도 하면서 함께할 거라 믿습니다.

다양한 모습으로 나를 도와주는 이가 있고,

응원하는 이가 있을 테니

조금 더 힘을 내 보려고 합니다.

힘든 순간, 주위 사람들이 나를 응원하는 것처럼

내 삶도 분명 나를 응원하고 있을 테니까요.

설명할 수 없는
너에게

세상 어떤 문장도

당신을 설명할 수 없다는 걸 안다.

세상의 모든 아름다움을 담는다 해도

당신을 예찬할 수 없다는 걸 안다.

세상의 모든 향기를 담는다 해도

당신을 표현할 수 없다는 걸 안다.

그게 당신이다.

당신이 그렇다.

삶이
내게 말한다

삶이 내게 말한다

그만하면 되었다고

넌 충분히 노력했다고

안 되는 걸 어떡하냐고

지치는 게 당연하다고

외로운 게 당연하다고

실패하는 게 당연하다고

그렇게 최선을 다한다 해도
안 되는 일이 분명히 있다고

그러니, 아프지 말라고
마음이 무너지면 안 된다고
네가 가진 용기 있는 마음을
꼭 붙들고 있으라고

그렇게, 삶이 내게 말한다
내 삶이 나를 응원한다

그렇게,
삶이 내게 말한다

내 삶이 나를 응원한다 ──

행복했으면
좋겠어

행복해졌으면 좋겠다.

아주 많이 행복해졌으면 좋겠다.

어린 날, 아무것도 하지 않아도 절로 웃음이 나고 내일의 걱정보다 지금 이 순간에 최선을 다했던 그 시절처럼.

누군가를 좋아한다는 감정이 싹틀 때 세상의 옷들은 다 벗어던지고 오롯이 순수하게 사랑만을 바라보았던 그 시절처럼.

이별할 걱정보다, 진심을 전하고 더 주지 못해 아쉬워했던 그 시절처럼.

벗을 사귐에 있어 오로지 그에게만 집중하고 작은 것 하나에도 웃고 떠들며 서로를 위해 온전히 나의 시간을 내어주었던 그 시절처럼.

그래, 그렇게 행복했던 시절처럼 당신이 행복해졌으면 좋겠다.

그리고 지금 그 행복이 늘 함께였으면 좋겠다.

아주 오래 행복이 당신과 함께였으면 좋겠다.

함께 나이를 먹어가며 또 다른 추억을 쌓기 위해 행복한 고민을 하고 설레기도 했던 그 행복한 시절을 떠올리며, 모두가 부러워하는 일은 아니더라도 소소하게 내 자신이 행복한 일을 하며 하루하루 재미있게 살아갈 날을 떠올리며, 한 가정의 남편과 아내로 살며 힘든 일도 있겠지만 가족이 오순도순 웃음꽃을 피우고 따뜻하게 살아갈 날을 떠올리며, 하루하루 버텨내는 삶이 버겁더라도 버티고 있는 내 모습과 나를 바라보는 누군가를 떠올리며, 함께 행복해졌으면 좋겠다.

아주 많이 행복해졌으면 좋겠다.

글의 무게

회복할 수 없는 상처를 받은 날

지난 일들에 대한 후회가 물밀 듯 밀려오는 날

뚜렷하지 않은 미래가 두려움으로 느껴지는 날

하얀 종이 위에 동그라미를 그려보자.

한 글자라도 써 내려가 보자.

어느 순간 내 마음을 적어 내려가고 있을 것이다.

고통과 아픔을 아는 사람이 쓴 글은

상처 입은 이들이 더욱 깊이 이해할 수 있기에

누군가에게 하나뿐인 위로가 된다.

때때로 누군가의 글이 하찮게 느껴지는 순간이 있다.

누군가의 문장이 어쭙잖게 보이는 때가 있다.

하지만 또 다른 누군가는 그 글을 보고 위로받고

누군가는 그 문장을 보고 눈물 흘린다.

바닥까지 가본 사람이 바닥을 이해하고

실패를 경험한 사람이 상처를 어루만진다.

악한 사람은 있어도 틀린 글은 없다.

글은 항상 어떤 무게를 지닌다.

때로는 나를 위해,

때로는 누군가를 위해

하얀 종이 위에 무엇이라도 써 내려가 보자.

글의 무게가

출렁대는 내 마음을 가라앉혀 줄 것이다.

여행의
정의

누구나 다 떠날 때가 온다.

떠나야 할 때를 몰라서 지금 이곳에 머무르는 게 아니다.

굳이 용기를 내서 먼 곳으로 떠나야만 여행이 아니다.

지금 이 글을 읽는 그 자리에서 버스에 몸을 싣고 한두 정거장만 가는 것도, 한 번도 내디딘 적 없던 골목길을 서성이거나 처음 본 카페의 문을 두드리는 일도 여행이다.

먼 타국으로 떠나는 것도 여행이지만, 내가 사는 집을 벗어나 산책로를 걷는 시간 또한 여행이다. 무언가 낯선 환경에서 설렘을 느낀다면 그게 바로 여행이다.

조금이나마 새로움을 추구하고 싶은 마음이 꿈틀댄다면, 당신은 분명 언제든지 집을 나설 준비가 되어 있는 사람일 것이다. 가본 적 없는 곳에는 늘 설렘이 숨어 있다는 생각에 흐뭇한 미소가 지어진다면 당신은 여행의 낭만을 아는 사람이리라.

떠나라.
그곳이 어디든 당신이 떠날 시간은 지금이고,
떠나지 않을 이유는 아무것도 없다.

미국 서부 여행을 하던 시절, 샌디에이고에 있는 코로나도 섬에 간 적이 있다. 이 섬은 미국에서 가장 땅값이 비싸다고 한다. 수영장이 딸린 건 기본이고 농구 코트, 테니스 코트까지 모든 걸 갖춘 고급 주택들이 들어서 있다. 이곳에서 바라보는 샌디에이고의 야경은 홍콩의 백만 불짜리 야경과 견주어도 뒤지지 않을 만큼 아름답다.

이 코로나도 섬을 가려면 코로나도 다리를 지나야 하는데, 이 다리에서 보는 광경은 참으로 장관이다. 하지만 문득, 이 다리를 건너는 사람들의 기분은 어떨까 궁금해졌다.

기대와 설렘을 가득 안고 이 고급 주택가를 잇는 다리를 건너는 많은 여행객들은 이 섬의 거주자들을 부러워할 것이다. '나도 이런 곳에서 살아봤으면……' 하며 슬쩍 속마음을 내비칠 것이다. 물론 나 역시 부족한 주머니 사정으로 일 달러짜리 햄버거로 끼니를 때우며 여행하던 시기였기에 부러움 가득한 눈빛으로 그 섬을 바라보았다. 하지만 이내 의문이 들었다. 과연 많은 사람들의 부러움을 한 몸에 받는 코로나도 섬의 거주자들은 모두 행복할까?

누군가는 그곳에서 나고 자란 토박이일 테고, 또 다른 누군가는 얼마 전에 이사를 온 새 거주민일 수도 있다. 막 이사를 온 그 사람은 바다에 정박해둔 자신의 요트를 바라보며 멋진 항해를 계획하고 여유로운 삶을 즐기고 있을지도 모른다. 하지만 그곳에 일 년, 아니 석 달만 지내보면 이내 적응하게 될 것이다. 늘 멋진 풍경과 새로움이 넘쳐날 것 같은 곳이지만, 그곳에 사는 사람에게는 그저 삶의 터전일 뿐이다. 그는 아이러니하게도 다른 새로운 곳을 꿈꾸지 않을까?

이렇듯 여행이란 새로운 무언가를 끊임없이 추구하고 탐색

하지 않으면 이루어질 수 없다. 모든 고민과 생각을 멈추고 지금이 떠날 때라도 용기 내지 않는다면, 그 사람은 여행을 떠날 기회를 잡을 수 없다. 제아무리 뿌리내리고 있는 곳이 호화롭다 하더라도 거기에 만족하고 새로움을 꿈꾸지 않는 것은 안타까운 일이다.

원룸에 살면서도 버스를 타고 다른 여러 곳을 다니며 새로움을 발견해 나가는 사람은 살아 있는 사람이다. 그들은 어디서든 여행을 하며 다른 문화를 느낄 줄 안다. 바로 앞 놀이터에서도 즐거움을 발견해낼 수 있는 사람이다.

마음속에 잠들어 있는 낭만의 용기를 깨워라.

일으켜라.

지금 살고 있는 그곳이 지루하고 따분해도, 그냥 그렇게 살아가는 게 정답이 아니다. 오랫동안 고이 묵혀 두었던 편지들을 꺼내어 읽어보는 것도 옛 추억을 찾아 떠나는 여행이 될 수 있다. 사진을 꺼내보며 옛 친구들을 만나는 것도 또 다른 여행이다.

여행에 정의는 없다. 그저 어떤 마음을 지니느냐에 따라 따분한 일상이 되기도 하고, 지금까지 맛보지 못한 새로운 미지의 세계가 될 수도 있다.

오늘만큼은 그냥 지나쳐 온 것들을 낭만의 시선으로 바라보자. 그 안에 우리가 찾던 무언가가 숨어 있을지도 모르니까.

마음 속에 잠들어 있는

낭만의 용기를 깨워라

일
으
켜
라
—

감정은 감정으로
두기로 해요

한 살 한 살 나이가 들수록 사람들과의 관계에서 일어나는
크고 작은 감정 소모가 얼마나 부질없는 일인지를 배웁니다.

저 사람은 나를 어떻게 생각할까?

내 행동이 상대에게 어떻게 비칠까?

이런 생각들이 얼마나 쓸데없는지를 뒤늦게 알게 된 거죠.

우리는 누구나 감정을 가지고 있습니다. 삶이 곧 희로애락인
데 어떻게 감정 없이 살 수 있을까요. 그러니 우리가 느끼는 감

정들은 모두 정당합니다. 정답과 오답이 있는 게 아니죠. 감정을 표현하는 사람들은 모두 이유가 있습니다. 어떤 사람은 타인에게 서운함을 표현할 수도 있고, 어떤 사람은 자신의 신념에 반하는 일에 화를 낼 수도 있지요.

우리는 사회에서 타인과 더불어 살아가기에, 어느 정도의 감정은 대부분 조절할 줄 압니다. 그럼에도 감정이 바깥으로 표출된다는 것은 참을 수 없기 때문일 것입니다. 감정이 일어나는 욕구를 참는 것 또한 우리의 마음을 곪게 만들기에, 이제는 자신의 감정을 솔직히 표현하는 이를 만나면 분명히 말하고 싶습니다. 그래도 괜찮다고, 당신을 이해할 수 있다고요. 아마도 그 사람은 마음 안에 쌓인 감정들을 공감받고 싶고 위로받고 싶으며 들어주는 이의 응답을 기다렸을 것이기 때문입니다. 그것이 좋은 감정이든, 나쁜 감정이든 말이에요.

저 또한 그랬습니다. 특히 친구 혹은 연인과의 관계처럼 가까운 사이에서는 짜증 섞인 감정을 쉬이 표출하며 상대에게 상처를 입혔습니다. 감정을 쉽게 드러내기 전에, 왜 그런 감정을 느끼게 되었는지 이야기했다면 어땠을까요. 그로 인해 더욱 서로의 마음을 헤아리고, 서로를 보살폈다면, 지금은 더욱 풍성한 관계를 만들 수 있었겠죠.

감정에 대해 깊게 생각하고 느끼면서 배운 것은, 하나입니다. 겉으로 드러난 상황보다는 이유에 집중할 것. 자기의 감정을 솔직하게 표현하는 상대를 마주할 땐, 그 감정에 대해 나도 같이 반응하는 것이 아니라, 상대가 그 감정을 왜 느끼게 되었는지 반문하는 것이 필요합니다. 왜 그런 감정을 느꼈는지, 왜 그런 표현을 하는지 말이죠. 마음을 들어보아야 합니다. 나 역시 마찬가지입니다. 어떤 감정이 표출될 때 도리어 나를 살피고 왜 이런 감정을 가지게 되었는지 상대에게 솔직하게 이야기하게 되면 많은 관계가 유연해질 수 있습니다.

무엇보다 중요한 것은 내가 느끼는 감정들에 스스로 죄책감을 가지거나 자책하면 안 된다는 것입니다. 우리가 표현하는 모든 감정에는 옳고 그름이 없기에 정당한 것입니다. 어떤 관계라 해도 서운할 수 있고 미울 수 있으며 분노할 수 있습니다. 감정

은 감정으로 두고 스스로를 탓하거나 낮추는 일은 하지 않기로
해요. 기분은 기분대로 두고 태도로 나타내지 않기로 해요.

우리의 모든 감정은 존중받아 마땅하고

우리의 모든 마음은 이해받는 것이 당연하니

스스로를 존중하며 아끼도록 해요.

우리의 모든 감정은 존중받아 마땅하고

우리의 모든 마음은 이해받는 것이 당연하니

스스로를 _____

존중하며 아끼도록 해요

이미
충분하다

아시나요.

당신은 훌륭합니다.

칭찬받아 마땅한 사람입니다.

부끄러운가요?

아니라고 생각하나요?

절대 그렇지 않습니다.

세상 사람들이 모두 당신에게 등을 돌린 것 같아도

누군가는 분명 당신을 응원하고 있을 겁니다.

내가 하고 있는 일이

내가 노력하고 준비하는 일이

어떤 결과를 맺을지 확실하지 않나요?

그 결과는 어느 누구도 모릅니다.

그만두지 않는 이상, 계속 나아가는 것일 테니까요.

후회는 하지 마세요.

당신이 가고 있는 길은 잘못된 방향이 아닙니다.

지금 꾸는 꿈이 실현되기까지

십 년, 아니 이십 년이 걸릴 수도 있고

설령 그 꿈이 이루어지지 않을 수도 있지만

그 꿈을 좇은 당신의 열정과 노력은 절대로 사라지지 않습니다.

분명한 건 당신은 그동안 최선을 다해왔고

그 최선은 스스로 가장 잘 알고 있다는 겁니다.

포기하지 마세요.

그리고 꿈을 좇아가세요.

수없이 많은 난관에 부딪히고

그 꿈을 접어야 할 큰 벽이 앞을 가로막아도

무언가를 열심히 하고 있다는 사실만으로도

당신은 충분히 훌륭한 사람입니다.

파도
같은 삶

인생의 시작점은 세상에 빛을 본 날부터 누구에게나 공평하게 주어진다. 하지만 어떤 이에게 삶은 결승점이 정해진 자동차 레이스처럼 느껴질 것이고, 누군가에게는 시시각각 변하는 파도의 변화를 타는 서핑처럼 느껴질 것이다.

우리가 삶이라는 파도를 타는 서퍼라면 우리는 다른 서퍼의 모습을 신경 쓸 필요도 없고, 같은 파도가 오지 않는다고 자책할 필요도 없다. 오로지 내가 원하고 필요로 하는 파도를 기다리고 본인만의 레이스로 진행할 뿐이다. 누군가를 부러워하거나 시기할 이유가 없다. 그저 본인만의 길로 나아갈 수 있는 상황이 올 때까지 숨을 고르는 묵묵함을 가지는 것이 필요하다.

정작 우리가 최선을 다하고 온 노력을 기울여야 할 때는 본인이 생각하던 파도가 올 때다. 스스로가 가장 잘할 수 있고 즐길 수 있는 때란 말이다.

혹여나 나의 파도를 누군가가 함께 타고 싶다고 하더라도 똑같이 파도를 타거나 즐길 수 없다는 걸 알아야 한다. 그러니 상대가 나를 앞서가거나 나와 다른 속도로 나아간다 하더라도 불안해하거나 자책할 필요가 없다. 같은 파도라 하더라도 다른 방향과 다른 빠르기로 갈 수 있음을 인정한다면 우리는 서로 다른 길에 다다르는 것도 이해할 수 있게 된다.

누구나 자기에게 딱 맞는 파도가 있다. 그 파도를 기다리며 숨을 고르고 지속적으로 도전해야 한다. 우리가 무엇을 좋아하고 무엇을 사랑하는지를 깨닫는 일에 집중하고, 그 마음이 한결같을 수 있도록 노력하는 듬직한 자세가 중요하다.

결국 인생이라는 파도에서 최후의 승자는 본인의 파도를 즐겁게 타고 행복하게 오르내릴 수 있는 사람이며, 자신만의 속도로 즐겁게 파도에 몸을 맡겨야 한다는 것을 아는 사람이다.

본인의 길을 만들어줄 파도는 언젠가 온다.
필요한 것은 나만의 파도를 기다릴 줄 아는 인내와 버틸 줄 아는 믿음이다.

나의 파도가 옳다는 믿음
내가 좋아하는 파도라는 믿음

그리고
나의 파도를 타는 데 있어
다른 이의 파도는 중요하지 않다는 믿음일 것이다.

나의 파도가 옳다는 믿음

내가 좋아하는 파도라는 믿음

걱정 말아요
그대

살다 보면 너무하다 싶을 만큼 생각대로 안 풀리는 날이 있다. 안 좋은 일은 연달아 일어난다는 말처럼 그런 날은 참 막막하다. 마치 내 인생이 한순간을 기점으로 꼬여버린 것 같고, 앞으로 어떻게 살아야 하나 막막해 스스로에게 질문이 많아진다. 그렇게 시작된 질문은 또 다른 질문을 만들어 내 머릿속을 어지럽힌다. '내 인생은 왜 이렇게 안 풀릴까' '오늘은 되는 일이 하나도 없네' '또 안 좋은 일이 일어나면 어쩌지'라며, 자꾸 나쁜 쪽으로 생각이 기운다.

곰곰 생각해보면, 고작 하루가 엉망진창이었다고 내 인생 전체가 꼬인 것도 아닌데 하나가 어긋나고 두 개가 어긋나고 점점 하루가 잘못되어 갈 때는 늘 걱정이 앞선다.

대부분의 걱정은 시간이 지나면 풀리는 실타래거나 이내 곧 잊힐 일들이었다. 일진이 안 좋았던 하루 때문에 내 인생 전부가 달라지는 것도 아니었는데, 난 왜 그리 세상 끝날 것 같은 심정이었을까…….

걱정은 나이에 상관없이 모두가 가지고 있다. 유치원생은 유치원생 나름대로의 걱정이 있고, 청소년은 청소년대로, 청년은 청년대로 다양한 문제를 마주한다. 물론 부모의 길을 걸어가고 있는 사람들 또한 많은 걱정 속에 살고 있다. 하지만 대부분 유치원 시절 혹은 청소년기에 했던 걱정들은 잘 기억하지 못한다.

그렇게 우리는 그저 때에 맞는 걱정을 하며 살아간다. 하지만 따져보면 평생 짊어지고 가야 할 걱정거리가 아니다. 그저 한 시기에 겪을 일일 뿐인데, 그 문제로 벌어질 앞으로의 일을 떠올리며 괴로워한다. 미래에 대한 걱정은 허상인 것을.

우리가 고민하기에는 아직 의미 없는 것일 뿐,

지나고 나면 기억조차 나지 않는 닳아 없어진 추억 같은 것.

분명 그 자리에 있으리라 생각했지만 이미 사라진 장소 같은 것.

인생은 평생을 읽어도 다 읽지 못하는 책과 같다. 인생이라는 책을 단 몇 페이지만 읽고 미리 결말을 유추하고 걱정하며 우울에 빠진다면, 당신이 아직 만나지 못한 재미있는 이야기들이 안타까워하지 않을까.

인생이라는 책은 아직 다 펼쳐지지 않았다. 오늘 겪은 하루가 슬프고 아팠다면, 내일은 눈부신 행복이 담긴 페이지가 당신을 기다리고 있을지도 모른다. 걱정과 근심으로 읽어 내려가던 태도는 잠시 멈추고, 또 다른 세계를 만나려는 마음가짐으로 '책'을 읽어 내려가자.

작은 돌들이 모여 흐르는 강을 막는 댐이 되듯, 즐겁게 흘려보내기도 모자란 우리네 인생을 걱정이라는 돌로 막지 말자.

걱정은 이제 그만,

걱정의 돌은 그냥 던져버리면 그만이다.

나를 용서할
용기

꽤 오랫동안 사람을 만나며 일하다 보니 몇 가지를 깨달았다. 어느 정도는 좋은 사람과 좋지 않은 사람을 골라낼 나만의 기준이 생겼고, 사람을 대할 때 겸손을 갖추게 되었다. 반대로 어느 순간 타인과의 새로운 만남이 진실하지 않을 수도 있다는 두려움이 생기기도 했고, 타인의 시선으로 나를 바라보게 된다는 단점도 있었다.

스스로를 평가할 때 내가 괜찮은 사람인지 아닌지를 타인의 시선으로 살피다 보니 나는 언제나 한없이 부족한 존재로 전락

했다. 그건 나에게 아주 치명적인 문제일 수밖에 없었다. 대인관계는 조금씩 어긋날 때마다 더 나은 사람이 되지 못함을 자책했기 때문이다.

하지만 내 상처를 돌아본 후에 나는 더 이상 다른 사람들의 시선으로 나의 가치를 따지지 말자고 결심할 수 있었다. 어떤 사람이든 자기만의 결핍이 있게 마련이다. 실패와 시련은, 누구도 피할 수 없고 아픔과 상처는 모든 사람의 가슴에 배어 있다.

그렇기에 나는 소중한 나의 존재를 타인의 시선을 의식해 대단한 사람인 양 보여줄 필요도 없었고, 타인이 나를 낮추어보거나 부족하다고 생각해도 그 평가는 나의 일부만 보고 내린 평가이며 온전히 나에 대해 알지 못하고 내린 결론이니, 내가 스스로를 부족하거나 불필요한 존재라 여길 필요가 없었다.

우리에게는 스스로를 채찍질하고 몰아세웠던 과거를 용서하는 자세가 필요하다. 그럴 수도 있었다며 자기 연민의 감정을 더불어 가져도 좋겠다.

스스로를 용서하는 것은 큰 미덕이 아닐 수 없다. 무언가를 꼭 이루어야 하는 것도 아니고 스스로를 용서하고 위하는 것만으로도 자신이 얼마나 사랑스럽고 만족할 만한 존재인지 깨달을 수 있기 때문이다. 우리는 존재 자체로 위대하다.

때로 한없이 작고 나약해지기도 하지만
스스로를 존중하고 위할 때,
우리는 더없이 강하고 충분한 존재가 된다는 것을
잊지 말아야 한다.

용기의
문

당신 앞에 문이 있다.

당신은 문을 열기가 두렵다.

하지만

이 문을 열면

당신을 위한 세상이 펼쳐질 것이다.

용기를 가져라.

나를
위할 때

숨 돌릴 틈 없이, 삶을 치열하게 살고 싶진 않지만 나태해지고 싶은 것은 아니다. 하지만 그런 나도 가끔은 나태해지는 순간이 있다.

어느 회사나 조직에 오래 몸담게 됐을 때, 구태여 나태해지고 싶지 않아도 반복되는 일상과 변하지 않는 상황들에 안주해 굳이 새로운 것을 찾을 필요가 없는 시기가 온다.

그런 시간들을 여러 번 맞닥뜨리면 어느새 사람들은 스스로에게 집중해야 할 에너지를 다른 곳에 쓰기 시작한다. 남들의 시선을 의식하면서 진짜 내가 원하는 것에 초점을 두지 못하는 것이다. 가장 경계해야 할 일임에도 나도 모르게 남들의 잣대에 나를 맞추는 일을 즐겼던 순간이 있었다. 정작 나 자신에게는 가장 나태한 순간에도, 남들의 눈에는 그럭저럭 잘 살아가는 사람으로 비춰진 것이다. 자신의 인생이 지루하고 남루해질수록 다른 이의 잣대에 나를 맞춰가고만 있는, 비루한 상황에 빠지게 된 것이다.

번뜩 정신을 차리고 보니 내 삶은 점점 반짝였던 빛을 잃어갔고, 나는 남들이 좋아하는 것, 남들이 바라는 것, 남들이 하자는 것에 끌려다니는 수동적인 인간이 되어 있었다. 그렇게 살고자 한 것은 아니었는데 나를 위한 일이 아닌 남을 위한 삶을 살다 보니 나를 잃어가고 말았다.

남을 배려하고 이해하며 살아야 한다는 건 알지만 정작 나를 희생해서까지 상대를 위하는 것은 나의 마음 건강을 잃어가는 일이었다. 적당히 친절하고 적당히 배려하면서 나를 찾고 나를 돌보는 자세가 필요하다는 사실을 뒤늦게 알았다.

우리는 매 순간 무언가를 찾아야 하는 존재다. 새로운 것에 대한 부담이나 걱정들은 누구나 있기 마련이지만 신대륙을 찾은 이도, 새로운 세계관을 만든 이도 두려워하지 않고 무언가를 시도했던 사람이었다. 그런데 나는 무얼 하고 있었던가. 나를 사랑하지 않고 나를 아끼지 않고 나를 희생하며 누구를 위해 살아오고 있던 것인가.

이제는 조금 내려두고 나를 찾아야 할 때다.
나를 위할 때다.

지금껏 살아오며 스스로가 대견한 날들도 있었다. 누군가를 위함이 아닌 나를 위한 시간들도 있었다. 타인에게 인사를 받는 것이 아닌 스스로 고마워해야 하는 순간들도 있었다. 나에게 고마워할 시간도 가지지 않은 채 오로지 타인의 인사를 받기 위해 나를 잃으면 안 된다.

벌써 낙담할 필요는 없다. 인생이란 어차피 뒤돌아보며 나를 이해하는 것. 우리 모두는 앞으로의 나 자신을 위해 한 발을 새롭게 내딛으면 된다.

그로 인해 우리의 삶이 단단하고 강해질 것이기에.

나는 믿어 의심치 않는다.

이제는 조금 내려두고 나를 찾아야 할 때다

나를 위할 때다

그로 인해 우리의 삶이 단단해지고 강해질 것이기에

나는 믿어 ____

의심치 않는다

믿음이
필요한 시대

난 당신이 잘할 거라 믿는다.

난 당신이 더욱 좋아질 거라 믿는다.

난 당신이 행복해질 거라 믿는다.

난 당신이 사랑받을 사람이라는 걸 믿는다.

난 당신이 용기 있는 사람이라는 걸 믿는다.

난 당신이 위로받을 자격이 있다고 믿는다.

아무 이유 없이 믿어주고 싶었다. 당신을.

그리고 나의 진심이 전달되기를 진심으로 바란다.

조건 없이 당신을 믿어줄 사람이 옆에 있나요.

없더라도 낙담하지 마세요.

멀리서나마 응원하는 누군가가 분명 있을 겁니다.

수년 전에 만났던 누군가가 당신을 떠올리며 '잘 살고 있을까? 잘 지낼 거야' 하는 마음들이 당신을 더 '좋아지게' 만들어줄 겁니다. 그리고 그렇게 믿는 당신은 그 믿음으로 좋아질 것입니다.

우리는 끓고 있는 기름처럼 마음을 뜨겁게 달구거나, 비눗방울 터지듯 심장을 터뜨릴 것만 같은 가슴 뛰는 가치는 외면한 채 속된 세상의 가치를 좇으며 살아가고 있습니다. 경쟁, 개발, 명예, 인기 같은 가치들 속에서 말이에요.

이런 세상에서 우리는 믿는다는 것이 얼마나 중요한가를 생각해야 합니다. 인간이 살아가면서 서로를 일으켜주는 가치들을 믿어야 합니다. 서로에 대한 사랑을 믿어야 하고, 용기를 믿어야 하며, 감사하는 마음과 긍정적으로 변할 우리를 믿어야 합니다. 그중에서도 나 자신에 대한 믿음은 결코 우리를 배신하지 않을 겁니다.

난 당신이 잘할 거라 믿는다
난 당신이 더욱 좋아질 거라 믿는다
난 당신이 행복해질 거라 믿는다

난 당신이 사랑받을 사람이라는 걸 믿는다
난 당신이 용기 있는 사람이라는 걸 믿는다
난 당신이 위로받을 자격이 있다고 믿는다

아무 이유 없이 믿어주고 싶었다
당신을

믿음이 필요한 시대

그리고 나의 진심이 전달되기를

진심으로 바란다 ―

행운을 빈다,
나에게

행운을 빈다.

이별의 말을 건네는 그대에게
헤어짐을 준비하는 그대에게
또 다른 사랑을 시작하는 그대에게

행운을 빈다.

새로운 삶을 시작하는 그대에게

지나간 삶을 잊으려는 그대에게

또다시 용기를 내려는 그대에게

행운을 빈다.

지쳐 쓰러진 그대에게

힘들어하고 있는 그대에게

아픔의 상처로 메말라버린 그대에게

그리고

그 행운이 끊어지지 않기를 바라는 마음을 담아…….

행운을 빈다.

내가 가장 고마워해야 할 존재는
바로 나예요

시간이 지나도 변하지 않은 것들이 있습니다. 추억, 계절, 문장
이 그러할 테지요. 사람마다 다르겠지만 저에게는 특별한 한 가지
가 더 있습니다. 바로 사람입니다. 책 읽어주는 남자로 10여 년을
넘게 살아오는 동안 많은 분들이 제가 소개하는 문장에 위로받고
다시 살아갈 용기를 얻었다며 응원의 목소리를 내어주었습니다. 제
문장을 함께 읽어줄 사람이 없었다면 책 읽어주는 남자도 전승환도
존재하지 못했겠죠. 그리고 저 역시 누군가가 지어낸 문장으로 수
많은 고난과 어려움을 이겨내 왔었고요.

우리는 어디에서든 이어져 있고 어딘가에 함께 공감했던 사람
들입니다. 제가 쓴 글에서 단 한 줄이라도 마음에 두고 싶었다면 저

희는 같은 하늘 아래 같은 마음을 품은 인연이라 할 수 있겠지요. 그리고 그 마음들이 고마움으로 이어질 테고요. 만난 적 없고 본 적 없는 저희지만 멀리서나마 이렇게 당신께 고마움을 느끼는 누군가가 있다는 사실에 흐뭇해하셨으면 참 좋겠습니다.

뒤돌아보면,

우리는 살아오면서 참 많은 것들을 놓치고 살았습니다.

고마움을 잊고 살았습니다.

바쁘게 산다는 핑계로, 시간이 없다는 빈말로 잃은 것들도 많죠. 마음이 부산하고 여유가 없어 미처 주위를 돌아보지 못했었지만 분명 숨 쉴 틈이 있었을 텐데 너무 팍팍하게만 살아온 것 같습니다.

지금껏 내가 살아온 이유와 살아갈 이유가 저 혼자만의 힘으로 만들어진 건 아닐 텐데 말입니다. 나를 사랑하고 아끼고 위해주는 사람들이 있었고 그로 인해 우리는 웃음 짓고 온화하며 행복할 수 있었을 테죠. 수없이 쓰러지고 무너져가면서도 꿋꿋이 이겨내 지금의 나를 만든 나라는 사람도 있었겠고요. 당신과 나, 그리고 우리는 미처 스스로를 잘 돌보지 못하고 살았던 건 아닐까요. 주위 사람들에게 고마워해야 했고 그 무엇보다 내가 가장 고마워해야 할 사람은 바로 나인데, 그 고마움을 스스로를 위해 쓰지 못해 지치고 절망했던 나날들을 떠올려봅니다.

'나에게 고맙다'라는 제목은 7년간 저를 잘 지탱해주었습니다. 나라는 사람의 존재 가치를 일깨워주었고 자존감을 회복시켜 주었으며 나라는 사람이 부족하지 않고 특별한 사람이라는 주문이 되었습니다. 그로 인해 조금 더 따뜻한 글과 공감될 만한 글들도 실어 소개할 수 있게 되었고요.

여러분도 이 책을 보며 그렇게 느끼셨을까요. 불안하기도 하지만 설레는 마음으로 마지막 글을 써 내려가며 한 가지 바라는 것이 있습니다. 당신은 충분히 괜찮은 사람이고 존재만으로도 고마운 사람이라는 사실 하나만은 꼭 깨닫고 책을 덮으시기를. 당신은 이 세상에 유일무이한 존재이며 당신을 사랑하는 사람이 생각보다 많이 있다는 것도요.

나를 가장 사랑해야 할 사람은 나입니다.

나를 가장 아껴야 할 사람도 나입니다.

이제껏 잘 버텨준, 잘 살아준, 잘 이겨낸,
있는 그대로의 나에게 다시 한번 말해주세요.

나에게 고맙다.
나에게 고맙다.
나에게 고맙다.

2022년 2월

전승환

세상에서 가장 소중한 나에게 건네는 인사
나에게 고맙다

ⓒ 전승환, 2022

초판 1쇄 발행 2016년 6월 22일
개정판 33쇄 발행 2024년 7월 15일

지은이 전승환
편집 한나비
표지 디자인 장수연
본문 디자인 박도담
표지 및 본문 사진 ⓒ빛을 담다, 빛담(@put_in_light)
콘텐츠 그룹 정다움 이가람 박서영 이가영 전연교 정다솔 문혜진 기소미

펴낸이 전승환
펴낸곳 책읽어주는남자
신고번호 제2021-000003호
이메일 book_romance@naver.com

ISBN 979-11-91891-07-2 03810